LA MALEDIZIONE DEL LUPO

NOVELLA DELLA SERIE LO SGUARDO DEL LUPO

LO SGUARDO DEL LUPO

LIBRO 3.5

KATE RUDOLPH

TRADUZIONE DI
GAIA BORDANDINI BALDASSARRI

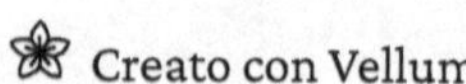

LA MALEDIZIONE
DEL LUPO

Solo il suo compagno predestinato **può salvarla dalla maledizione di una strega.**

Quando una maledizione minaccia Nora, lupo mutaforma e guardia del corpo, lei ha bisogno dell'aiuto di Julian per sopravvivere. Lui è un guaritore, una strega e un ex cliente. Il che significa che Nora deve tenere le mani a posto.

Lei non mescola questioni di lavoro e piacere.

Ma mentre il pericolo si fa sempre più vicino, non riesce a resistere a quell'uomo affascinante. Cancellare la maledizione che la sta uccidendo dovrebbe essere la fine di tutto, ma quando un vortice di magia e pericoli li avvolge, dovranno fare affidamento l'uno sull'altra per uscirne vivi.

NEWSLETTER

Ti piacerebbe leggere altri romance di Kate Rudolph?

Iscriviti alla mia newsletter per avere notizie sulle nuove uscite, le offerte e molto altro!

Link: https://katerudolph.net/index.php/newsletter-italiana/

JULIAN CORSE dietro il branco di licantropi, ma Nora rimase indietro. Era nella sua forma animale, ma doveva pensare come un'umana. Gli altri lupi erano ormai lanciati in una cieca corsa selvaggia. Se lei non avesse mantenuto la lucidità avrebbero rischiato di morire tutti.

Quella poteva essere una trappola. Fin dall'inizio aveva avuto un brutto presentimento su quel lavoro, e ora il suo istinto le gridava che aveva visto giusto.

Quell'stinto però doveva tacere. C'era del lavoro da fare.

Le altre guardie del corpo della sua squadra erano prive di sensi nell'edificio della mensa, e la maggior parte della congrega che era venuta a proteggere era stata messa al tappeto insieme a loro.

L'unica strega ancora in piedi era Julian, e lei stava lottando contro la sua stessa forma animale. Il suo stupido lupo voleva andare a prendere Julian e rinchiuderlo da qualche parte per tenerlo al sicuro.

Ma non era lui ad essere in pericolo. Audra Palmer, la leader della congrega di Julian, era stata catturata da una capo congrega rivale, e la situazione stava precipitando.

Era compito di Nora intervenire.

Quando raggiunse il margine della radura dove il fuoco ruggiva e la strega malvagia, Rosalie Sutton, sfogava il suo livore, Nora si tenne a distanza. Aveva fatto bene a rimanere indietro. Anche Rosalie aveva assunto una squadra di mutaforma apparentemente per proteggere se stessa, ma ora le sue guardie del corpo le si erano rivoltate contro e lei le stava tenendo a bada con la magia.

Il lavoro si stava facendo più difficile. Julian era stato coinvolto in quel combattimento e lanciava scariche di magia con la stessa velocità con cui riusciva a evocarle.

E in mezzo a tutto questo giaceva Audra Palmer.

Nora rimase nell'ombra. Doveva aspettare il momento giusto. Non disponeva né di magia né di armi, quindi non poteva abbattere la Sutton a distanza con un colpo ben assestato. No, doveva comportarsi da lupo, quale era.

La Sutton fece qualcosa con un lampo di magia e Nora capì che quella era l'ultima occasione per agire. Così non perse tempo a pensare.

Caricò.

Ci fu un altro lampo e lei volò all'indietro, attraversata da un dolore bruciante mentre la magia le ribolliva nelle vene e cresceva dentro di lei. Cadde a terra, perdendo la presa sulla sua forma animale e tornando alle sue sembianze umane, nuda al chiaro di luna.

Qualcosa non andava.

Era come se nelle vene le scorresse del catrame e nella testa aveva un gran confusione. Cercò di raggiungere il suo lupo per mutare di nuovo in quella forma più sicura, ma non ci riuscì. La magia che l'aveva colpita era roba forte.

Ma andava tutto bene. Doveva andare bene.

Nora rabbrividì nell'aria fresca della notte e percepì degli occhi puntati su di lei. Si rese conto che la situazione era cambiata. Rosalie Sutton era priva di sensi. Avevano vinto.

Julian non la stava guardando.

Andava bene così. Si stava comportando in

modo educato. Anche in qualsiasi altra situazione Nora avrebbe pensato che fosse una buona cosa che un uomo non le fissasse il seno mentre lei cercava di svolgere il suo lavoro.

Ma i suoi sentimenti erano sempre in subbuglio quando si trattava di Julian, e lei in quel momento non poteva esaminarli troppo da vicino. Una volta che il lavoro fosse concluso si sarebbe presa il tempo necessario, ma non un attimo prima.

Si costrinse a rimettersi in piedi e annuì come se non stesse provando un dolore atroce. Prima fossero tornati al campeggio, prima avrebbe potuto trovare dei vestiti.

"Qualcuno è ferito?" chiese Rowe, uno dei lupi mutaforma.

"Direi che stiamo tutti bene," rispose il suo alfa, un uomo di nome Gibson.

"Mi ha fatto un male del diavolo, ma sono viva." Nora mise un po' di spavalderia nelle sue parole. Il dolore non stava diminuendo. La cosa positiva era che non stava nemmeno peggiorando. Non sapeva quale tipo di magia malevola contenesse l'incantesimo di Rosalie, ma sperava che non servisse scoprirlo.

E nel caso... beh, Nora se ne sarebbe occupata più tardi.

Aveva solo bisogno che quell'incarico si concludesse.

In fretta.

1

CAPITOLO UNO

Rosalie Sutton era una strega malvagia. E potente, anche. E non avrebbe più fatto del male a nessuno. Nora si massaggiò il petto dove l'ultima, disperata scarica di magia di Rosalie l'aveva colpita. Si era sentita come se il suo corpo fosse stato attraversato dal fuoco e da liquami sudici, che le avevano trasformato le vene in melma.

E poi il dolore era evaporato come se non ci fosse mai stato.

Tutti le lanciavano occhiate, come se sopravvivere a quella magia fosse stato un miracolo. Per Nora era stato solo un altro giorno di lavoro. Guardia del corpo per il mondo magico e leader del suo branco di mutaforma.

Una donna veramente tosta, anche se non l'avrebbe mai detto ad alta voce.

Non si poteva essere *davvero* tosti se era necessario farlo notare agli altri.

Per fortuna quel lavoro infernale era quasi finito. Un manipolo di streghe avrebbe sorvegliato la malvagia Rosalie fino a quando le autorità magiche preposte non fossero arrivate a prelevarla per portarla al carcere delle streghe, o dovunque mandassero le persone che usavano la magia per scopi criminali, e Nora e gli altri della sua squadra di mutaforma, Estelle, Enrique e Shannon, avrebbero potuto tornare tutti a casa, a nord di New York, per prendersi una meritata pausa.

Non era contenta di essere finita in quell'imboscata e quasi uccisa, e avrebbe fatto le dovute rimostranze alla sua cliente al momento della presentazione della fattura. Ma erano sopravvissuti tutti. Più o meno.

Avrebbe semplicemente ignorato la fastidiosa magia che le si era infilata sottopelle come un livido.

"Non posso credere che quella stronza ci abbia lanciato un incantesimo." Estelle era fuori dai loro bungalow e guardava con aria torva il centro del campeggio, dove si stava radunando la maggior parte dei loro clienti. Era una bella donna, pallida, più bassa di Nora e formosa. Nessuno avrebbe potuto indovinare che fosse una guardia del corpo, vedendola. O un lupo mutaforma. Teneva i capelli tirati indietro in una pratica treccia e indossava abiti scuri su cui non si vedevano le macchie di sangue. "Ho analizzato il cibo per verificare se fosse drogato. È risultato pulito."

Nora diede un buffetto alla spalla di Estelle, stringendola leggermente prima di allontanarsi. "Siamo vivi. Faremo meglio la prossima volta. Parleremo dei problemi nel resoconto."

Estelle le rivolse uno sguardo attento. "Stai bene? Ho sentito che hai ricevuto un gran brutto colpo."

Nora grugnì. Non sentiva alcun dolore. Davvero. "Sto bene. Non c'è bisogno che qualcun altro si preoccupi per me."

"Qualcun altro?" Gli occhi verdi di Estelle si illuminarono. "Chi si preoccupa per te? Quel bel tipo della congrega?" Guardò di nuovo le streghe radunate, cercando di individuarlo.

"Julian è un *cliente*." Doveva stroncare la curiosità di Estelle sul nascere. Quando metteva le grinfie su qualcosa, quella donna non mollava più. E questo a prescindere dalla forma in cui si trovava.

Estelle alzò gli occhi al cielo. "È un cliente fino a domani. Credo che tu abbia fatto tutto il possibile per non spingerti oltre quello che può essere definito un comportamento professionale." Diede a Nora un buffetto amichevole e si allontanò.

Nora trattenne un ringhio. Era lei il capo, stava a lei decidere cosa significasse la professionalità. E non aveva intenzione di placcare Julian per fare sesso con lui fino all'alba.

Rabbrividì.

Cazzo. No, non poteva abbandonarsi a pensieri del genere.

"Estelle, aspetta!" Avevano ancora del lavoro da fare.

Estelle si girò. "Dimmi!"

"Abbiamo fatto un conteggio dei membri della congrega della Sutton? Sembra che manchi qualcuno." Dovevano essere dodici, le streghe di quella congrega. Nora poteva fare affidamento sul fatto che una di loro non fosse certamente coinvolta nei piani di Rosalie, e solo perché quella strega, Vi, aveva avuto un ruolo fondamentale nel mettere la leader fuori combattimento. Sulle altre non aveva certezze.

"Indagherò. Una delle auto è sparita dal parcheggio. E nessuno ha più visto Delia Cruz da ore. Forse se n'è andata. Vedrò se è l'unica." Estelle si avviò di nuovo e questa volta Nora la lasciò andare.

Non le piaceva l'idea che eventuali complici di Rosalie fuggissero, ma non era compito suo inseguirli. Erano questioni da streghe, e lei era una mutaforma.

I suoi sensi si accesero mentre percepiva un profumo di agrumi misto a un aroma bruciato, l'odore di Julian Frankfurt, prima ancora di vederlo. Lui non era *niente* per lei. O almeno nient'altro che un cliente. E il suo stupido lupo doveva darsi una fottuta calmata. Non portava su di sé quella sensazione di pericolosità che, come un mantello, avvolgeva alcune delle altre streghe presenti a quella riunione maledetta. Era più un guaritore che un assassino, ma il potere vibrava sotto la sua pelle. Era alto circa un metro e ottanta, pallido, con capelli scuri ondulati e zigomi affilati come coltelli. Era piuttosto magro, con un fisico da maratoneta e occhi pieni di conoscenza. E di potere.

Nora avrebbe voluto sapere cosa poteva fare, con quel potere. Voleva sentirlo avvolgersi su di sé mentre lui affondava...

Interruppe subito quei pensieri con un ideale colpo di artigli. Non sarebbe successo.

I capelli scuri di lui erano un po' scompigliati e gli occhi verdi erano cerchiati da ombre di stanchezza. Era stata una lunga notte per tutti, e non era ancora finita.

"Mi permetti di visitarti?" chiese lui, e la sua

voce era una tentazione che la travolse e la accese di desiderio.

"Sto bene," ribadì Nora. Le facevano male le ossa, ma erano gli effetti collaterali del mestiere. Non c'era ragione di pensare che fosse una cosa legata alla scarica di magia che l'aveva colpita. "Se quello che la Sutton mi ha lanciato addosso, qualunque cosa fosse, non mi ha ancora ucciso, pensi sia probabile che lo faccia in futuro?" Essere l'alfa del suo piccolo branco significava anche mostrarsi forte. E scrollarsi di dosso una maledizione faceva parte del lavoro.

"Per favore," insisté Julian. Si sporse verso di lei, fin quasi a toccarla.

Se avesse sentito le sue mani su di sé...

Quel tipo di attrazione era intenso. I passati amanti di Nora erano stati divertenti, ma niente assomigliava a quella sensazione. E il suo lupo le sussurrava ciò che lei aveva paura di ammettere.

Lui è il tuo...

Non aveva intenzione di pensarci. Non aveva tempo per un compagno, e certamente non per quella strega. Le loro vite non avevano punti in comune. Lei era una mutaforma. Lui era una strega. Facevano parte di mondi diversi.

"Facciamo in fretta, però," sbottò lei, e tenne un'espressione neutra mentre lui indietreggiava.

Meglio fingere di essere una stronza insensibile che ritrovarsi con il cuore spezzato.

Julian non la toccò, e Nora cercò di essergliene grata. Le tenne la mano tesa davanti al petto, e lei la sentì sprigionare un calore che poi si diffuse nel suo corpo. Dopo circa un minuto, quel calore si dissipò.

"Qual è il verdetto?" Non lasciò trapelare alcuna paura. Non poteva avere paura.

Julian aggrottò le sopracciglia, con un'espressione confusa sul volto cupo. "Non lo so con certezza. Qualunque cosa la Sutton ti abbia scaricato contro non ha fatto presa, ma percepisco propaggini della sua magia nella tua aura. Può darsi che a breve si dissolvano, ma potrebbero anche rafforzarsi e riaccendere l'incantesimo che ha cercato di lanciare."

"Puoi quantificarmi le probabilità?" Non voleva alcuna magia dentro di sé, soprattutto non se proveniva da una capo congrega criminale decisa a dominare il mondo o chissà cos'altro.

Lui scosse la testa. "Sarebbe irresponsabile. Dovresti..."

"Julian, Audra ti sta cercando," li interruppe una delle altre streghe della sua congrega.

E Nora non l'aveva sentita arrivare, talmente era concentrata su Julian. Era del tutto fuori fase. "Vai," gli disse. "Troverò una strega che mi dia un'occhiata se le cose dovessero peggiorare."

Lui esitò e aprì la bocca come per dire qualcosa, ma poi la richiuse e si allontanò insieme all'altra donna.

Nora passò buona parte della notte a rimettersi in sesto e crollò a letto appena possibile.

La mattina seguente andò a cercare Julian, ma lui se n'era già andato.

2

CAPITOLO DUE

JULIAN FRANKFURT FECE del suo meglio per non pensare alla donna mutaforma. Capelli biondi intrecciati, muscoli che chiaramente sapeva come usare, un'espressione dura sul viso e labbra che lui avrebbe voluto... no. Doveva togliersela dalla testa.

Mentre il furgone sferragliava lungo la strada dissestata si aggrappò al sedile e aggiunse più forza all'incantesimo che teneva legata Rosalie Sutton.

Quella donna li aveva quasi uccisi tutti in un tentativo di ottenere il potere, che sarebbe riuscito se lei stessa non avesse esagerato, spingendosi troppo oltre.

Audra si era aspettata qualcosa. Per quel motivo aveva assunto la squadra di Nora. Ma era stata una delle streghe di Rosalie a smascherare il suo vero piano. Lui non capiva quel tipo di brama di potere.

Sentiva le ondate di energia intorno a sé. Non aveva bisogno di uccidere la gente per averne di più. Che utilità avrebbe avuto una magia contaminata da sofferenza e morte?

A quanto pareva la Sutton non si preoccupava di questioni del genere.

Che cosa aveva fatto a Nora?

Sbatté la nuca contro il poggiatesta. Ecco. Erano passati almeno due minuti senza che lui pensasse alla mutaforma. Doveva essere una specie di record.

Ma in quel momento non stava pensando a quanto potessero essere morbidi i suoi capelli sciolti dalla treccia, o a come gli sarebbe apparsa una volta sdraiata sul suo letto. Il suo sesso non c'entrava affatto.

Stava pensando unicamente con la mente di una strega. Era una questione di lavoro.

E lui era il fottuto Mago di Oz.

Trattenne un gemito. Non voleva che gli altri sul furgone sapessero cosa gli stava passando per la testa. Ribollivano ancora di rabbia per tutto ciò che la Sutton aveva fatto loro, o cercato di fare senza riuscirci.

E tutto ciò a cui lui riusciva a pensare era come si sarebbe sentito a seppellire la testa tra le cosce di una mutaforma sexy.

Per fortuna nessuno nel furgone aveva la dote naturale della telepatia.

La maledizione. Doveva pensare alla maledizione.

Aveva sentito le parole che con voce gutturale Rosalie aveva pronunciato mentre evocava un'onda di potere che sembrava in grado di decimare una città. Aveva diretto l'energia con precisione su Audra, la sua capo congrega. Ma Nora con un balzo l'aveva intercettata e aveva assorbito la scarica. Era sorprendente che non fosse morta nell'impatto.

Ed era un miracolo che camminasse come se non fosse successo niente di preoccupante.

Lei sosteneva di sentirsi bene, ma Julian non le credeva. Nessuno si scrollava così facilmente di dosso quel tipo di magia.

Certo, esistevano incantesimi che colpivano le streghe in modo diverso da tutti gli altri. Quindi era possibile che la scarica che si era abbattuta su Nora non potesse provocare gli stessi danni a un muta-forma. Ma era come la differenza tra un proiettile e una pugnalata. Era comunque ferita.

Aveva bisogno di aiuto.

E aveva detto che l'avrebbe chiesto.

Il fatto che lui avesse perso un po' la testa per l'attrazione selvaggia che ardeva nei confronti di

Nora non significava che avesse il diritto di precipitarsi a imporle un incantesimo di guarigione. Era una donna adulta. Se avesse voluto, avrebbe potuto chiamarlo.

E Julian si era assicurato di dare il proprio biglietto da visita a un altro membro della sua squadra. Nora poteva trovarlo, se avesse avuto bisogno di lui. Cosa poteva fare di più?

Nel profondo della sua anima qualcosa era rimasto insoddisfatto, nonostante quelle riflessioni. Non voleva aspettare che lei lo cercasse, non quando lui era destinato...

Destinato a cosa?

Julian spinse quei pensieri nei recessi più nascosti della sua mente. I problemi che doveva affrontare erano più grandi dell'attrazione per un lupo.

Le avrebbe dato tempo.

Un po' di tempo.

Ma una volta che le cose con la Sutton fossero state sistemate, nessuna forza nell'universo avrebbe potuto impedirgli di andare a cercarla.

3

CAPITOLO TRE

Un mese più tardi

Nora ignorò la fitta di dolore allo stomaco mentre si chinava a prendere una scatola di vecchio materiale da ufficio. Non importava che fosse come una pugnalata, se avesse abbassato lo sguardo non avrebbe visto il manico di un coltello sporgere dal ventre. Stava benissimo.

In ottima salute.

I mutaforma non si ammalavano.

Strinse i denti per non gemere mentre si raddrizzava e posava la scatola sulla scrivania. Cazzo. Magari non poteva ammalarsi, ma quella maledizione era un tormento infernale. Appoggiò una mano sul centro di maggiore dolore e fece pressione. L'intensità si alleviò per un attimo e lei respirò a fondo. Riempire i polmoni in quei giorni non era sempre piacevole.

Ma lei non aveva tempo di fermarsi. Aveva un branco di cui occuparsi e un'attività da gestire.

"Tutto bene, capo?" Estelle si appoggiò allo schienale della sua sedia, con i piedi sulla scrivania, le braccia incrociate e un'espressione perfettamente neutra.

Nora era stufa di quell'impegno nel sembrare imperturbabile. "Sto *bene*." Tolse di scatto la mano dall'addome e si trattenne dallo stringere la mano a pugno. Il dolore tornò in fretta a farsi sentire e lei si rifiutò di mostrarlo. Non voleva la pietà di Estelle.

"Sei sicura che non vuoi che chiami un guaritore?" insisté la donna. Stava sfiorando l'insubordinazione.

"Stai mettendo in discussione la tua alfa?" Prima della maledizione Nora sarebbe stata in grado di infondere a quelle parole una spaventosa minaccia. In quel momento sembrò invece solo stizzosa.

"Sto mettendo in discussione la mia più vecchia amica." Tolse i piedi dalla scrivania e si alzò di scatto. "Stai peggiorando. Due settimane fa sembravi stare bene. La settimana scorsa hai perso la capacità di nascondere il dolore. Riuscirai a stare in piedi, la prossima? Sei stata investita da una maledizione. Non è una cosa da cui tu possa riprenderti in modo naturale."

Nora prese un altro profondo respiro per calmare il dolore che si irradiava dall'addome. "Se la cosa si aggrava mi farò controllare." Lo ripeteva da settimane. Ricordava perfettamente l'espressione di Julian la prima volta che quelle parole le erano uscite di bocca.

Estelle non mollò la presa. "Cosa intendi per *grave*? Sanguinare dagli occhi? Svenire sul posto di lavoro? Perdere la capacità di trasformarti?"

"Ora basta." Nora non aveva intenzione di entrare nel merito della questione, in quel momento. "Non dovresti avere qualcosa su cui lavorare?"

"Ce l'ho." Estelle la fissò, con un sopracciglio alzato e le braccia ancora incrociate. Giusto. Era *Nora*, la cosa su cui stava lavorando. "Visto che stai così bene, perché non ci alleniamo?"

La cosa più intelligente da fare sarebbe stata dire di no. Non sarebbe stato un combattimento per il potere. Lei si allenava sempre con la sua gente. Ma Estelle voleva dimostrare qualcosa, e Nora quel giorno non era sicura di poter vincere. Ma se avesse rifiutato, avrebbe confermato i timori dell'amica.

Non avrebbe ottenuto una vittoria in ogni caso.

"Preparati," disse.

Estelle spalancò gli occhi e aprì la bocca come per dire qualcosa, ma poi la richiuse di scatto e si diresse verso lo spazio di allenamento.

Nora si raddrizzò in tutta la sua altezza e fece alcuni respiri profondi. Il dolore era ancora vivo e presente. Erano giorni che non svaniva del tutto. Ma lei aveva combattuto contro tre mutaforma infuriati dopo essere stata quasi sventrata, una volta. Il dolore di quel momento, a confronto, era come quello di un taglietto procurato con un foglio di carta.

E se avesse continuato a ripeterselo, forse il suo corpo avrebbe cominciato a crederci.

Estelle era in attesa quando Nora entrò nella stanza e si tolse le scarpe. "Oggi manteniamo la forma umana," disse l'alfa. "Enrique ha appena cancellato i graffi della nostra ultima sessione dopo la muta."

Estelle annuì. Bene. Nora non sarebbe riuscita a completare la muta, quel giorno. E l'amica non l'avrebbe vista provarci.

Avviarono il timer.

Girarono una intorno all'altra, alla ricerca di punti deboli. Se la situazione fosse stata quella di due mesi prima, l'incontro sarebbe già stato chiuso. Nora era stata più forte e più veloce di Estelle fin dall'adolescenza e conosceva ogni suo segreto.

Ma quel giorno non sapeva su quanta forza potesse contare, e non aveva intenzione di sprecarne in mosse che non avrebbero portato a nulla.

Anche Estelle conosceva tutti i trucchi di Nora.

Alla fine partì all'attacco. Nora la lasciò fare e sfruttò lo slancio della donna contro di lei, facendola ribaltare e atterrare di schiena sul tappetino. Estelle grugnì coprendo il sussulto dell'alfa nel sentire il dolore lacerarle il ventre.

Stupida maledizione.

Era padrona del suo corpo, e non aveva intenzione di arrendersi a quella fottuta magia.

Estelle non si arrese così facilmente, e le due donne intrapresero una lotta corpo a corpo. Sembrò durare un'eternità, anche se il timer era impostato su sei minuti. Nora utilizzò tutte le sue risorse sull'altra mutaforma. Si rifiutava di cedere e il suo orgoglio non avrebbe permesso all'amica di neutralizzarla.

Ma il suo corpo era troppo debole per permetterle di vincere.

Alla fine di quegli interminabili sei minuti, il

timer suonò. Lei ed Estelle erano avvinghiate e nessuna delle due aveva preso il sopravvento sull'altra. Estelle abbandonò la presa e indietreggiò.

"Vuoi che reimposti il timer?" chiese. Aveva le guance arrossate e il respiro corto.

Nora era senza fiato e coperta di sudore appiccicaticcio. "Fallo." Non aveva intenzione di cedere. Non poteva. Non avrebbe mai superato l'imbarazzo.

La mascella di Estelle si irrigidì. "Vuoi davvero ucciderti per non ammettere di avere torto?"

"Posso vincere." E l'avrebbe fatto. Era un'alfa. Era quello che gli alfa facevano ai beta impiccioni che ficcavano il naso dove non dovevano.

"Se proseguiamo, sappiamo entrambe che avrò la meglio. E tu ti arrabbierai. E cosa farai se Enrique e Shannon torneranno e vedranno la situazione? Sei *malata*, Nora. Hai bisogno di un guaritore. Devi chiamare qualcuno. Non ho intenzione di lottare con te mentre stai morendo, cazzo. Occupatene tu. Oggi stesso. O io me ne vado." Estelle afferrò una bottiglia d'acqua dallo scaffale e bevve, per poi tornare in ufficio.

Nora cercò di seguirla ma il dolore all'addome aumentò e lei si piegò in due, portandosi le braccia al ventre.

D'accordo. Forse Estelle aveva ragione. Forse nel cercare di mostrarsi un osso duro non stava ascoltando la ragione.

Respirò di nuovo a fondo per affrontare le fitte e serrò i pugni. Ormai Estelle non era più lì a vederla. Quando uscì dallo spazio di allenamento, si ritrovò in ufficio da sola. Estelle aveva lasciato un appunto sulla sua scrivania.

Mi prendo la mezza giornata libera.

Accanto all'appunto c'era un biglietto da visita.

Julian Frankfurt

Medicina alternativa

Lo prese e cercò di non immaginare il volto della strega. Nel profondo di lei, molto, *molto in fondo*, il suo lupo si destò per un secondo, ricordando Julian com'era un mese prima. Lui non era come lei, non era un combattente. Lui guariva le persone.

Ma era sceso in battaglia quando era stato necessario. Aveva salvato vite in più di un modo.

Avrebbe potuto salvare lei?

Voleva vederlo quasi più di ogni altra cosa al mondo. E fu quello a indurla a rimettere il biglietto da visita sulla scrivania di Estelle.

Non era l'unico guaritore in circolazione.

Estelle aveva preso mezza giornata libera, quindi

l'avrebbe fatto anche Nora. E forse, quando fosse arrivato il lunedì successivo, avrebbe avuto la testa nuovamente a posto e quella stupida maledizione sarebbe stata un ricordo del passato.

4

CAPITOLO QUATTRO

Julian era impazzito. Non c'era altra spiegazione al fatto che stesse passeggiando in un parco molto bello a meno di un chilometro dalla sua... dalla sua cosa?

La sua... niente.

Non vedeva Nora da un mese. Non aveva ricevuto notizie né da lei né da chiunque altro del suo branco. Julian avrebbe dovuto lasciare le cose come stavano. Invece aveva sparso, presso tutti i guaritori della regione, la voce di essere alla ricerca di una mutaforma colpita da una brutta maledizione. Ma non aveva ricevuto alcuna risposta.

Lei non si era rivolta a nessuno di loro.

Naturalmente i guaritori erano normalmente vincolati alla riservatezza. Magari non erano medici umani, ma avevano degli standard professionali. Ma anche così, nel caso, uno dei contatti di Julian gli avrebbe dato un indizio.

Era morta?

Il cuore fu sul punto di fermarglisi nel petto, e dovette respirare più volte a fondo per non crollare. Non poteva essere morta, la sua anima non l'avrebbe permesso.

La magia gli si agitava dentro, impaziente di essere lasciata uscire per cercare Nora e immobilizzarla finché lui non fosse riuscito a trovarla e a farla ragionare.

Ma era un guaritore e non aveva intenzione di usare una magia pericolosa su una persona solo perché aveva la fastidiosa sensazione che nel suo rapporto con lei ci fosse qualcosa di incompiuto.

Peccato non avere avuto il tempo di parlare, un mese prima.

D'altra parte, le poche conversazioni che avevano avuto non erano andate bene. Nora era stata una guardia del corpo per la sua congrega, un lavoro che aveva preso dannatamente sul serio. Non avrebbe mai infranto il suo codice professionale per un po' di attrazione.

La tempesta di fuoco dentro di lui, però, era più di *un po'* di attrazione. Era un inferno che minacciava di consumarlo del tutto.

Nora era l'unica cosa a cui pensava da settimane. Ogni volta che chiudeva gli occhi, lei era lì. Ogni volta che andava a dormire, la immaginava nel letto accanto a lui. E nei suoi sogni si avvinghiava a lei, portando il suo corpo alle vette del piacere e mostrandole *esattamente* cosa poteva fare una strega esperta a una compagna consenziente.

E poi si svegliava da solo nel suo freddo letto. Duro, dolorante e insoddisfatto.

Ormai avrebbe dovuto essere passato oltre. E invece non notava nemmeno le altre donne. L'unica cosa che riusciva a fare era paragonarle a Nora.

Nessuna di loro reggeva il confronto.

Doveva vederla. Con un po' di fortuna quella follia si sarebbe spenta e lui avrebbe trovato il modo di proseguire con la sua vita. O avrebbe scoperto che lei era altrettanto ossessionata da lui e avrebbero potuto bruciare insieme.

Lui sapeva dove abitava. Poteva andare subito a trovarla a casa sua. Se lei non fosse stata lì, non sarebbe stato un problema fare irruzione e aspettarla. Dubitava che avesse dei dispositivi magici di sicurezza per proteggerla dagli intrusi, e le serrature non erano di ostacolo alla magia.

Era una follia.

Julian crollò su una panchina di pietra e si prese

il viso tra le mani. Aveva viaggiato da New York fino a quella piccola città di pendolari a quasi due ore di distanza. Era il posto perfetto per un branco di mutaforma. La foresta intorno al centro abitato dava loro ampi spazi per correre. La cosa sensata da fare sarebbe stata tornare alla stazione ferroviaria e fingere di non essere mai stato lì. Nessuno l'avrebbe saputo.

Se Nora lo avesse visto avrebbe capito che era venuto per lei. Come avrebbe potuto non rendersene conto? Una strega da sola non aveva motivo di trovarsi da quelle parti. In quella zona non c'era nemmeno una congrega. Poteva inventarsi la scusa di aver visitato il centro di medicina alternativa della città vicina, ma non avrebbe retto.

La sua Nora aveva un ottimo intuito per smascherare le stronzate.

Lei non era *sua*!

Julian doveva andarsene prima di oltrepassare il limite. Quell'ossessione si era già spinta troppo avanti e lui aveva paura di ciò che poteva accadere se l'avesse vista davvero. Poteva tornare a casa e iniziare un intenso programma di purificazione e meditazione che gli avrebbe liberato la mente nel giro di un altro mese. Qualsiasi cosa stesse provando in quel momento sarebbe stata spazzata via insieme a tutte le sue altre preoccupazioni.

Ma non voleva andarsene. Non voleva rinunciare a quelle emozioni senza avere almeno *parlato* con Nora.

Forse era pazzo. Forse era solo, nella sua ossessione. Ma aveva sentito la scintilla tra loro, e gli sarebbe bastato un solo minuto. Se lei l'avesse respinto, lui se ne sarebbe andato.

Non importava quanto male gli avrebbe fatto.

Il suo telefono squillò. Mancò poco perché Julian lo ignorasse... A quello serviva, la segreteria telefonica. Ma all'ultimo minuto lo tirò fuori dalla tasca e rispose al numero sconosciuto.

"Pronto?" Se si fosse rivelato un operatore di telemarketing, avrebbe urlato.

"Julian Frankfurt?" chiese una voce femminile. Aveva un suono vagamente familiare.

"Sì."

"Mi chiamo Estelle Wolfe. Lavoro con Nora West. Credo che abbia bisogno di aiuto."

Lui si alzò di scatto dalla panchina. "Lei dov'è?"

5

CAPITOLO CINQUE

Nora era legata con catene d'argento, che più lei si dibatteva, più stringevano. La sua carne bruciava sotto il metallo e lei cercava di gridare, ma la sua bocca non si apriva. Non poteva urlare, indipendentemente da quanto dolore provasse.

Aprì gli occhi di scatto e vide delle fiamme tremolanti. Una strega incombeva su si lei e la magia vorticava in un'onda verde che si avvicinava velocemente per investirla. Ne venne travolta, e il dolore delle catene non fu più nulla in confronto a quel gelido fuoco verde.

Mentre lottava per liberarsi ondeggiava, e nel mentre le catene in qualche modo si irrobustivano, legandola ancora più strettamente e bruciando la sua carne nuda. Ogni movimento la immobilizzava sempre di più, ma non riusciva a smettere di combattere. Restare ferma significava arrendersi a qualsiasi cosa la strega avesse intenzione di farle.

Se solo avesse potuto chiedere aiuto... Se solo avesse potuto urlare...

Se solo avesse potuto *resistere*.

Il suo lupo era sepolto in profondità, ma stava lottando contro la magia con altrettanta forza. E nel farlo combatteva anche contro Nora. Lei voleva trasformarsi e liberare la creatura, ma le catene d'argento rendevano impossibile la muta.

Se si fosse liberata avrebbe certamente ucciso quella strega. E nessuno avrebbe riconosciuto il corpo.

Un'altra ondata di crudele magia la investì e Nora percepì il sapore del sangue, anche se non sentiva più la bocca.

Stava morendo.

Conosceva i limiti del suo corpo. Poteva sopportare molti traumi. Ma era al limite. E non c'erano aiuti in arrivo.

Dentro di sé gridava di dolore. Non c'era niente che potesse fare per reagire.

Delle mani calde le strinsero le spalle e un lampo di brillante magia blu quasi la accecò. Ma improvvisamente Nora ebbe di nuovo una bocca e poté prendere profondi respiri.

Quando aprì gli occhi, la strega malvagia e le catene d'argento erano sparite.

Si trovava nel suo appartamento, accasciata sul suo vecchio divano grigio, con il corpo madido di sudore e vestita dei suoi abiti da lavoro ma con una sola scarpa, con Julian Frankfurt che le tesseva incantesimi sulla testa.

"Che cosa..." Cercò di parlare ma la sua gola era troppo secca e la sua voce troppo debole perché fosse chiaramente udibile.

Non sentiva più dolore, e qualcosa le diceva che non fosse un bene. Il suo corpo era rimasto in un costante stato di sofferenza durante tutto l'ultimo mese. Perché il dolore fosse sparito così, doveva essere vicina alla morte. Sotto shock.

I mutaforma non entravano in shock. Guarivano troppo in fretta.

Eppure...

Almeno non stava morendo da sola. Il suo compagno era piegato su di lei e usava la magia per qualche ragione, con rughe di preoccupazione sul viso. Stava dicendo qualcosa, ma lei non riusciva a distinguere le parole. Tutto era silenzioso e la stanza era più buia di quanto avrebbe dovuto.

Julian muoveva le mani, che emettevano una luce magica di colore sempre più intenso mentre continuava a parlare. Lei avrebbe voluto sapere cosa stesse dicendo, ma per quanto si concentrasse non riusciva a capire nulla.

Non aveva importanza. Lei era una mutaforma, non una strega. In ogni caso non sarebbe mai stata in grado di lanciare incantesimi.

Julian si chinò e fece scorrere un dito lungo la linea centrale della sua camicia. Nonostante il dolore scomparso e il freddo dello shock, Nora fremette al tocco di lui. Il suo corpo lo desiderava anche in punto di morte. Voleva premere la mano di Julian su di sé e assorbire quella sensazione finché non avesse smesso di respirare.

Se anche lui avesse capito ciò che Nora provava, in quel momento lo stava ignorando.

Aveva usato la magia per sbottonare la camicia separando i due lembi ed esponendo il petto di lei all'aria fredda dell'appartamento. La sua cantilena si interruppe in un balbettio e alla fine lui imprecò. Nora abbassò lo sguardo su di sé. Il suo addome era coperto di lividi che si estendevano fino al torace. Non sapeva se proseguissero anche sulle gambe o sul collo, e non aveva la forza di chiederlo.

La magia di Julian tornò a crescere e lui appiattì il palmo sul petto di lei, con il pollice tra i seni e le altre dita sul cuore. Bruciava, e Nora gridò.

E poi, in un lampo luminoso, tutto cessò.

Nora restò immobile, temendo che se si fosse mossa il dolore sarebbe tornato, lei si sarebbe svegliata e avrebbe scoperto che era stato tutto quanto solo un sogno impossibile.

E lei non voleva che fosse un sogno.

Julian incombeva ancora su di lei e la fissava con occhi accesi e illuminati da una debole magia che li faceva sembrare quasi d'argento. Nora si rese conto che era buio perché si era fatta notte fonda, e le tende erano chiuse a metà. I suoi sensi non l'avevano ancora tradita.

Sentiva il peso di lui su di sé, un peso che in altre circostanze avrebbe accolto con piacere. Lo stava accogliendo anche in quel momento, in realtà. Per la prima volta da un intero mese lei *non soffriva*, ed era tutto merito suo.

"Sono guarita?" Aveva la voce roca e la gola arida. Ma non si mosse per andare a versarsi dell'acqua. Perché avrebbe dovuto, quando poteva sentire il peso di Julian su di sé?

Lui deglutì, con un movimento del pomo di Adamo sulla gola. Annuì. Si mosse per allontanarsi, ma lei gli afferrò un polso per impedirglielo.

Se fosse stata nel pieno delle sue forze avrebbe potuto farlo girare e cambiare la loro posizione senza nessuna fatica. In quel momento, invece, era solo felice di trovarsi dov'era, purché lui le fosse accanto.

Julian riprese a parlare. "Potrebbe esserci..." cominciò.

Nora ne aveva abbastanza di parlare. Fece scivolare la mano libera sul braccio di lui e lo prese per la nuca, tirandolo verso di sé.

Lui non oppose resistenza.

Le loro labbra si incontrarono e la tensione lasciata dalla maledizione si dissolse, per essere sostituita da qualcosa di più caldo. Il bacio iniziò dolcemente, uno sfioramento di labbra che avrebbe potuto essere un incidente casuale, o un ringraziamento. Poi la bocca di Julian si fece più provocante e Nora si aprì a lui.

La strega non aveva paura di prendere il controllo, e lei lo lasciò condurre. Che altro avrebbe potuto fare quando la teneva bloccata e alla sua mercé?

Gemette sotto di lui, mentre nelle vene le scorreva un fuoco del tutto diverso da quello provocato dalla maledizione. Il piacere era così travolgente da assomigliare quasi al dolore, ma Nora non gli si sottrasse. Gli avrebbe strappato i vestiti di dosso se non avesse significato interrompere il bacio.

Era *quello*, ciò che il futuro prometteva dopo il loro primo incontro di un mese prima. Era *quello*, ciò a cui aveva così caparbiamente resistito.

Era stata una sciocca.

Il destino non concedeva seconde possibilità. Aveva vacillato, a un passo dalla morte, e nonostante questo era stata troppo testarda per chiamarlo. Ma Julian ora era lì e a Nora veniva quasi da piangere, tanto era felice. Il suo lupo era ancora addormentato dentro di lei, ma per quel giorno non se ne sarebbe preoccupata. *Quello* era un problema per l'indomani.

Stava baciando il suo compagno. La maledizione era spezzata. Per la prima volta dopo troppo tempo, tutto era quasi come doveva essere.

C'era qualcosa di fastidioso in fondo alla sua mente, ma Nora lo ignorò e passò la mano tra i capelli di Julian, con le corte ciocche che le solleticavano il palmo. Gli mordicchiò il labbro, tirandolo ancora più vicino a sé. Non c'era spazio tra loro, mentre gli passava una gamba intorno al fianco e sentiva la pressione dell'erezione di lui attraverso i loro irritanti strati di vestiti.

Sì. Ora.

Se fosse stata *lei* la strega, avrebbe fatto sparire i loro indumenti seduta stante a colpi di magia. Non capiva come Julian riuscisse a trattenersi. Lei lo stava stringendo così forte da provocargli dei lividi, e lui la baciava come un uomo posseduto. Tutto il desiderio tenuto a freno nell'ultimo mese la travolse, insieme a tutta la passione di lui, e la frustrazione e il bisogno.

La maledizione non era più nulla in confronto all'inferno che le ruggiva dentro. E Nora continuò a baciarlo.

Julian le accarezzò il seno nudo e lei si rese conto che ciò che aveva fatto per aprirle la camicia aveva anche fatto a pezzi il reggiseno. Se ne sarebbe occupata più tardi, quando non si fosse più trovata sotto l'incantesimo del suo tocco. Lui le stuzzicò un capezzolo con le dita, facendola gemere.

Di più.

Nora non capì se l'avesse detto ad alta voce o se lui stesse continuando perché aveva letto il bisogno nel suo corpo. Si sentiva frustrata dalla sensazione della sua camicia sotto le proprie mani, così le infilò sotto la stoffa, graffiandolo. Lui grugnì, ma non la respinse.

Anche in forma umana lei era più forte di una donna normale, e avrebbe dovuto fare attenzione.

Ma Julian non si stava lamentando.

Nora avrebbe potuto continuare a baciarlo per sempre.

Era così che doveva essere, tra loro. Ignorare la maledizione era stato stupido. Ignorare il suo compagno? Non sapeva cosa le fosse preso.

Quei pensieri si accumularono, uno sull'altro, e lei cercò di perdersi ancora una volta nel bacio. Ma tutto ciò a cui riusciva a pensare erano due semplici parole: compagno, Julian, Julian, compagno. Avrebbe voluto arrendersi, lasciarsi prendere completamente dalla strega.

Non si era mai sentita così. Era più che impossibile. Non si concentrava sulle cose in quel modo. Era come se qualcuno stesse frugando nel suo cervello e la stesse riprogrammando in modo che l'unica cosa che contasse per lei fosse Julian.

Si scostò da lui con un movimento repentino e lo fulminò con lo sguardo. "Esci dalla mia fottuta testa!"

6

CAPITOLO SEI

Nora spinse i fianchi verso l'alto e Julian perse l'equilibrio, urtando scompostamente il divano e dandole abbastanza spazio da poter sgusciare via da sotto di lui e rimettersi in piedi. Lei sentiva la tensione nel suo corpo, simile a quella che provava quando passava troppo tempo tra una muta e l'altra. Ma in *quel* caso non sperimentava mai una sensazione di vuoto.

Dovette distogliere lo sguardo da lui, prima di fare qualcosa di stupido come baciarlo di nuovo.

"Sei nella mia testa," lo accusò. La camicia le pendeva addosso a brandelli e lei ne radunò i pezzi per coprirsi. Normalmente i mutaforma non avevano problemi di pudore riguardo al proprio corpo, ma ogni suo poro era in sintonia con quell'uomo e lei doveva fare qualcosa per reagire.

Julian respirava profondamente, con il petto ansante. I suoi occhi rilucevano ancora di magia, e anche se lei sapeva che era un guaritore, sembrava pericoloso. Era il tipo di incantatore che poteva uccidere i draghi.

O comandarli.

E la stava guardando come se avesse il diritto di essere lì.

"Non è vero," disse. "Lo giuro sul mio onore e sulla mia magia."

Quell'affermazione la fece riflettere. Il fatto che negasse non significava niente. Chiunque poteva mentire. Ma giurare sulla sua magia poteva avere ripercussioni. "Mi stai facendo qualcosa." Non poteva lasciar perdere.

Le labbra di lui si curvarono in un sorriso senza allegria. "Tu stai facendo la stessa cosa con me. E sai bene di cosa si tratta."

Compagno.

Quella parola rimase sospesa tra loro. Quando era stata in bilico tra la vita e la morte non c'era stata difesa contro quella consapevolezza. E già da quando aveva posato gli occhi su di lui la prima volta, il lupo di Nora aveva capito cosa Julian rappresentasse per lei. Avrebbe voluto rotolarsi nel suo odore finché non fosse rimasto impresso nella sua pelle. Avrebbe voluto marchiarlo in modo da avvertire tutti di non avvicinarsi troppo.

Ma la sua razionalità riprese vigore. Julian era una strega. Aveva una congrega e una vita lontano da lei. Nora non aveva intenzione di fare le valigie e trasferirsi per un uomo che conosceva appena, per quanto lui baciasse bene.

Lui non l'ha mai chiesto, sussurrò una vocina in profondità nella sua mente, ma Nora la respinse. Non aveva tempo per un compagno.

Fece un altro passo indietro, mettendo spazio tra loro. Un angolo della bocca di Julian si sollevò. Sapeva esattamente cosa Nora stesse facendo. Lei si immobilizzò sul posto. Non l'avrebbe fatta arretrare ulteriormente.

Nemmeno quando lui avanzò, avvicinandosi abbastanza da avvolgerla con il suo odore, sufficientemente forte da incantare un lupo più debole. Nora fece del suo meglio per ignorarlo.

"Tu sai di cosa stiamo parlando," insisté Julian.

"Cosa mi hai fatto? E alla maledizione?" Visto che si sentiva insicura, era passata all'attacco. Se l'avesse baciato di nuovo non ci sarebbe stato modo di fermarsi. Si sarebbe liberata dei vestiti e gli sarebbe montata sopra fino a quando entrambi non avessero dimenticato cosa significasse essere separati. E lei non lo voleva.

Per qualche motivo.

Perché ho una vita e un branco, e non ci rinuncio per un uomo.

Julian non arretrò, ma smise di avere l'aria di chi fosse sul punto di divorarla. "Ho estratto la magia che stava soffocando la tua vita e l'ho liberata. Dovrò fare un altro controllo tra qualche giorno per assicurarmi di aver estirpato completamente la maledizione, altrimenti ricrescerà più velocemente di prima. Onestamente non so come tu abbia fatto a sopravvivere così a lungo. I mutaforma hanno una magia innata, ed è ciò che vi permette di trasformarvi. Probabilmente questo ha dato alla maledizione un po' di filo da torcere. Ma dovresti essere morta."

Era sbagliato che Nora si sentisse un po' orgogliosa? Era più forte della media dei licantropi e aveva resistito a una maledizione destinata a mettere fuori combattimento una strega potente.

Ma a quel punto Julian si sentì in dovere di proseguire e rovinare tutto. "Sei un'idiota. Avevi *due* congreghe intorno a te il giorno dopo essere stata colpita e non hai chiesto aiuto a nessuno. Senza dubbio hai accesso a qualche guaritore nel tuo territorio. Avresti potuto andare persino in un ospedale umano e loro avrebbero potuto somministrarti dei fluidi o qualcosa per aiutare il tuo corpo a rigenerarsi per combattere la maledizione! Eppure hai cercato di opporti come un lupo cocciuto incline al suicidio."

"Io *sono* un lupo cocciuto," ringhiò lei. Piegò le dita desiderando di poter evocare i suoi artigli.

"Incline al suicidio?"

Erano di nuovo vicini. A un soffio di distanza. Nora abbassò gli occhi sulle labbra di Julian e poi si costrinse a distogliere lo sguardo.

"Mi perdonerai se ho diffidato della congrega di Rosalie Palmer dopo che lei ha lanciato una maledizione su di me." Rimanere lì ferma non le stava facendo bene. Oltrepassò Julian e andò in cucina, rabbrividendo nel vedere i piatti nel lavandino. Oh, beh. Julian avrebbe dovuto imparare che lei non era la persona più ordinata del mondo, se voleva rimanere nei paraggi.

Cosa che non avrebbe fatto.

Ovviamente.

Prese un bicchiere pulito dalla credenza e lo riempì d'acqua. "Hai sete?" gli chiese.

La domanda lo spiazzò, ma lui accettò ugualmente il bicchiere e prese un sorso. "Grazie."

"Non c'è di che." Riempì un altro bicchiere per sé. Cancellare le maledizioni metteva sete.

Julian posò il bicchiere tra loro, sul bancone. "Avresti potuto rivolgerti a chiunque nella mia congrega," osservò. "Audra ti avrebbe visitato in un batter d'occhio."

"Audra si stava riprendendo." La strega era quasi morta per mano di Rosalie. La sua pelle scura era diventata giallastra, e sembrava che fosse invecchiata di dieci anni nel giro di poche ore.

"Avresti potuto venire da me."

"Te ne eri andato!" sbottò lei, più duramente di quanto avrebbe voluto, e il bicchiere che aveva in mano andò in frantumi. Nora abbassò lo sguardo, sconvolta.

Entrambi rimasero immobili a fissare il frammento di vetro che ancora teneva in mano.

Le forze le stavano tornando.

Quella constatazione la riscosse dal suo stato di trance momentaneo, e Nora posò il vetro sul bancone girandosi cautamente alla ricerca della scopa.

"Lascia fare a me," intervenne Julian. "Tu sei senza scarpe."

"Se mi ferisco guarirò in fretta." Il vetro non

costituiva un pericolo, a fronte della capacità di rigenerazione potenziata dei mutaforma.

"Incredibile!" esclamò Julian alzando le mani. "Sei *davvero* incline al suicidio, anche se non lo vuoi ammettere. Sto cercando di *aiutarti*, testardo di un lupo. È chiaro che non ci si può fidare di te riguardo al tuo stesso benessere. Tornerò la prossima settimana per verificare che tutta proceda per il meglio. Tu mi farai entrare. Non ti *lascerò* morire. Ma se resto qui ancora un minuto..." Si girò senza terminare la frase e si diresse a grandi passi verso la porta.

Era meglio così. Il cuore di Nora batteva all'impazzata solo a causa di quello sfogo inatteso. La cosa non aveva niente a che fare con le emozioni che lui le aveva suscitato o con l'euforia di aver ritrovato la sua forza.

Sì, andava bene così.

Non lo avrebbe nemmeno guardato andare via. Tenne gli occhi saldamente fissi sui vetri a terra mentre li raccoglieva in un mucchio ordinato.

E guarda un po', non ne calpestò neanche uno!

Una folata di vento entrò prepotentemente, facendole alzare di scatto la testa. "Chiudi la..." Ma non si trattava della porta aperta.

Un'enorme ondata di magia oscura turbinò intorno a Julian, che la affrontò con un urlo.

7

CAPITOLO SETTE

LA RABBIA che si era abbattuta su Julian fu rapidamente sopita quando lui percepì l'ondata di magia oscura muoversi con forza verso l'appartamento di Nora. Era esausto. L'energia che aveva usato per guarirla lo aveva portato al limite e lo aveva lasciato appeso a un filo.

Non c'era da stupirsi che avessero litigato. Non gli era rimasto nulla che lo aiutasse a controllare le sue emozioni.

Ma non appena sentì arrivare l'ondata lui si aprì, evocando la magia naturale che permeava la terra e tirandola dentro di sé. Era lenta, viscosa, pesante, e gli opponeva resistenza, avendone lui già usata tanta per salvare Nora.

Il suo corpo era stanco e cercò di rifiutarsi di collaborare.

Ma la sua mente era più forte.

E la sua compagna era ancora in pericolo.

Non importava che quella sciocca donna non riconoscesse cosa c'era tra loro. Lui aveva sentito ogni emozione che lei aveva provato in quel bacio, e niente avrebbe potuto farlo desistere. Avrebbe scoperto cosa voleva, cosa temeva, cosa la tratteneva, e avrebbe fatto tutto il necessario per renderla sua.

Ma prima di tutto Nora doveva sopravvivere. E la magia che si stava dirigendo verso di lei era intenzionata a distruggerla.

Sembrava un'altra maledizione. La magia aveva diverse sfumature. A volte provenivano dalla persona che la usava, altre volte dal tipo di incantesimo. In quel caso era un misto di entrambi. Lui riconobbe la firma magica di Rosalie Sutton, che doveva essere legata alla maledizione. La strega era rinchiusa in una cella nelle profondità di una montagna, da qualche parte, e le era stato interdetto l'uso di qualsiasi magia. Ma c'era anche un'altra firma, che lui *quasi* riconobbe.

Una delle streghe complici della Sutton, senza dubbio.

E anche più potente di quelle firme era l'impetuoso torrente di malvagità insita in quell'ondata. La magia, di per sé, doveva essere neutrale, ed era chi la usava a darle forma. Ma quella aveva vissuto dentro Nora abbastanza a lungo da esserne uscita distorta. E ora che era stata liberata e lasciata crescere all'aperto, la sua malvagità voleva diffondersi.

Se non l'avesse fermata immediatamente, non sarebbe stata solo Nora a trovarsi in pericolo.

Julian scacciò dalla mente le sue paure e le sue preoccupazioni. Non c'era posto per quelle, non mentre combatteva un tipo di magia che poteva distruggere una città, se lasciata libera di dilagare. Avrebbe condannato la Sutton ad altre cinque prigionie per averla scatenata sul mondo.

Mentre attirava a sé nuova energia sentiva scorrere nelle vene qualcosa di simile a dei coltelli. Ci sarebbero state conseguenze.

Se fosse sopravvissuto.

Percepiva la presenza di Nora da qualche parte dietro di lui, ma non riuscì a indirizzarle nemmeno una parola. Lei non si stava muovendo. Bene. Se l'avesse fatto, la magia avrebbe potuto spostarsi e sceglierla come obiettivo. In quel momento era lui, invece, ad avere tutta la sua attenzione.

Diresse la sua energia verso l'ondata malvagia, circondandola e cercando di contenerla. Se gli fosse sfuggita anche solo una scintilla, avrebbe potuto crescere e tornare. Ci sarebbe voluto del tempo, ma *sarebbe tornata*. Julian non lo avrebbe permesso.

La sua magia crebbe, dispiegandosi e diffondendosi, sottile come il cellophane ma forte come il ferro. Gli avrebbe fatto comodo un po' di ferro, in quel momento. O un po' di sale. Qualcosa di proveniente dalla terra, per contenere quella massa.

"Sale!" Una stretta magica gli serrava quasi del tutto la gola, ma lui riuscì a pronunciare la parola.

"Cosa?" La voce di Nora era lontana.

"Sale. Cerchio. Intorno all'oscurità." Ogni parola era uno sforzo sovrumano. Julian fino a quel momento era riuscito a contenere l'ondata, ma se avesse perso il controllo anche solo un secondo sarebbe finito tutto. Un cerchio di sale gli avrebbe fatto guadagnare tempo.

Nora aveva capito. Entrò nel campo visivo di lui con una grossa scatola di sale marino e lo versò, tenendosi alla larga dall'oscurità quel tanto che bastava da non correre il rischio di esserne sfiorata. Non ce n'era abbastanza, così si inginocchiò e assottigliò il cerchio con le mani per riuscire a chiuderlo. Era esile, ma sufficiente.

"Indietro," rantolò Julian, quando Nora ebbe finito.

Lei arretrò velocemente.

La pressione nella testa di lui diminuì. Il cerchio non poteva trattenerla per sempre, ma a quel punto la magia avrebbe dovuto combattere contro il sale *e* contro di lui.

Julian strappò alla magia oscura un filamento e lo gettò nel cerchio, atterrandolo e annullandone il potere. Poi ne prese un altro, e un altro ancora. Sfibrò lentamente l'ondata. Le nocche gli dolevano e si sentiva le dita escoriate, ma dopo centinaia o forse migliaia di filamenti di magia sembrava che il potere oscuro stesse svanendo.

Ce n'era ancora tanto, però.

Avrebbe voluto lasciarsi andare, fare una pausa e riprendere le forze prima di ricominciare. Ma temeva che se lo avesse fatto la magia avrebbe trovato il modo di rigenerarsi.

Doveva finire subito.

Una fibra di energia atterrata, poi un'altra, e un'altra. Altri cento filamenti. E poi ancora cento.

E poi più nulla.

Julian cercò altre tracce di energia da strappare all'onda malevola che minacciava la sua compagna, ma non ne trovò. Abbassò lo sguardo e vide che il sale era diventato nero, dopo aver assorbito la malvagità mentre la magia veniva ripulita.

Ce l'aveva fatta. Nora era fuori pericolo.

Per ora.

8

CAPITOLO OTTO

NORA DESIDERÒ POTER IMPARARE qualcosa di quella dannata magia. Osservò Julian mentre sfibrava meticolosamente la maligna ondata oscura che vorticava nel suo soggiorno e non poté fare a meno di provare meraviglia. Come ci riusciva?

Il miasma delle tenebre sparì come se non ci fosse mai stato, e nell'abbassare lo sguardo sul pavimento lei si accorse che il sale che aveva versato era diventato nero.

Era corrotto, ora? Avrebbe avuto bisogno di qualche specie di pericoloso materiale magico per liberarsene?

Lo avrebbe chiesto alla sua strega.

No, non la *sua* strega.

Anche se più a lungo rimaneva nel suo appartamento, più le sembrava che lui le appartenesse. Stava impazzendo.

Julian vacillò e Nora attraversò la stanza in un batter d'occhio, per abbracciarlo e sostenerlo. Aveva perso colore. Il suo viso, già normalmente pallido, era ora mortalmente bianco. Intorno alle unghie aveva del sangue, più chiaro di quanto avrebbe dovuto essere.

"Non morire." Quell'ordine le uscì aspro, come se lei potesse controllare la magia con la sola forza della voce. Dentro di lei il lupo infuriava. Julian doveva stare bene.

Nora lo trascinò sul divano e lo fece sedere. Lui si appoggiò ai cuscini per un momento, prima di accasciarsi su un fianco.

Merda!

Ma il suo petto si alzava e si abbassava. Non era morto, stava dormendo.

Nora prese in considerazione l'idea di caricarselo in spalla e di portarlo nella sua camera da letto. Qualcosa, nel pensare di averlo nel proprio letto, la soddisfaceva a livello primordiale. Decise invece di sfilargli le scarpe e di sollevargli le gambe sui cuscini del divano, facendo in modo che si sdraiasse il più possibile senza disturbare il suo sonno.

Andò a prendere una coperta e la stese su di lui.

Poi si sedette sull'ottomana e lo fissò, con la mente in affanno e ancora colpita da ciò che aveva provato guardandolo riversare l'anima nella sua magia. Lei non ne sapeva molto di streghe, ma stava imparando. E Julian non era così potente, un mese prima. Aveva fatto qualcosa per accedere a una maggiore forza, aveva rischiato.

Tutto per tenerla al sicuro.

Sembrava che un tornado si fosse abbattuto nell'appartamento. Quello sarebbe stato il momento perfetto per ripulire tutto. Senza contare che le pulizie erano state una delle ultime cose a cui aveva pensato nell'ultimo mese.

Ma Nora rimase dov'era. Temeva che se avesse distolto lo sguardo anche solo per un secondo il petto di Julian avrebbe smesso di alzarsi e di abbassarsi e il suo spirito sarebbe stato portato via tra un respiro e l'altro. Pensò di chiamare Audra Palmer per sapere se Julian avesse qualcosa che non andava, ma cercare il telefono avrebbe significato interrompere la sorveglianza.

E se fosse morto mentre lei era altrove?

Ma i suoi timori stavano già cominciando ad attenuarsi. La pelle fino a poco prima spettralmente pallida era ora solo bianca, come un foglio di carta. Aveva ancora occhiaie scure, ma più deboli. Il suo corpo stava guarendo rapidamente durante il sonno.

A volte ai mutaforma succedeva. Troppe mute in rapida successione potevano richiedere moltissima energia. Svenivano, e lasciavano che il loro corpo rimediasse al danno.

Sembrava che la stessa cosa accadesse alle streghe.

"Potrei ucciderti per avermi spaventato così," mormorò. Poi si allungò a prendergli una mano, intrecciando le dita alle sue.

Julian le strinse il palmo. "Se devi farlo, fallo in fretta." Lui diede quella risposta in un sussurro, senza aprire gli occhi.

Nora avrebbe voluto baciarlo. Voleva sdraiarsi accanto a lui, tenerlo tra le braccia e assicurarsi che non facesse mai più nulla di tanto stupido. Le sue emozioni si agitavano selvaggiamente ed era una cosa che lei odiava. Ma non riusciva a fermarle.

"Voglio solo che tu stia meglio," gli disse. Riconosceva a malapena la propria voce.

"Domattina starò bene. Dobbiamo seguire la magia." La sua presa sulla mano di Nora si allentò, e lui cadde in un sonno più profondo.

Lei non capì cosa avesse voluto dire, ma a quanto pareva Julian non aveva più intenzione di andarsene. Il suo lupo ne era soddisfatto e lei non riuscì a trovare nella propria metà umana la volontà di allontanarlo. Aveva appena rischiato la vita per lei. L'aveva salvata due volte nel giro di un'ora.

Forse stava meglio, con lui al suo fianco.

Nora si rese conto di essersi addormentata solo quando cominciò a svegliarsi, con un odore di salsiccia bruciata che le solleticava il naso. Aprì subito gli occhi, sorpresa di trovarsi sul pavimento, con una coperta buttata a casaccio addosso.

Il divano era vuoto.

Il che in un certo senso forniva una spiegazione alla salsiccia.

Si rimise in piedi, sussultando per i dolori ai muscoli provocati dall'aver dormito sul pavimento nudo. Si sarebbero attenuati a breve, ma lei era troppo vecchia per accamparsi sul legno duro.

Julian era in cucina, con una mano che stringeva una spatola e uno sguardo di intensa concentrazione sul viso mentre girava le salsicce. Quando sentì sfrigolare l'olio nella padella trasalì.

"Accidenti, che potente guerriero," scherzò lei. Lui indossava solo una canottiera e Nora cercò di non fissare i muscoli definiti delle sue braccia. Ma *dannazione*, le braccia di quell'uomo erano davvero belle.

"Ti avverto che ho addosso solo i boxer," disse Julian prima che lei girasse completamente intorno al bancone per accorgersene da sola.

Nora faticò a resistere. E il sedere di lui era anche meglio delle sue braccia. Dovette costringersi a distogliere lo sguardo prima di fare una pazzia. "Non avevo capito che questo fosse un pigiama party."

Julian scrollò le spalle e lanciò un'occhiataccia alla padella mentre l'olio riprendeva a sfrigolare. "Ho dovuto ripulire i miei vestiti da ogni residuo di magia. Sarebbe stato meglio farlo appena finito il rituale, ma sono crollato. Dopo colazione controllerò il tuo divano per assicurarmi che sia tutto a posto." Punzecchiò con la spatola il contenuto della padella.

"Sento l'odore da qui, la salsiccia è cotta. Puoi toglierla dal fuoco." Nora temeva che ormai sapesse di carbone.

"Sei sicura?" Scrutò il tegame come se contenesse i segreti dell'universo.

Nora si avvicinò alle sue spalle e gli girò intorno sporgendosi a guardare. "È morto, Jim."

Lui replicò alla battuta di Star Trek con un accento storpiato che avrebbe potuto essere scozzese.

A lei non importava che le avesse risposto con il personaggio sbagliato. Ci volle tutta la sua forza di volontà per non avvicinarsi e baciarlo proprio in quel momento.

Vide che lui aveva anche tostato del pane e preparato le uova per la cottura. "Faccio io le uova," disse. "Tu vestiti. Se i tuoi abiti non sono ancora puliti, puoi metterti una delle maglie che Enrique ha lasciato qui un po' di tempo fa. Dovrebbero essere sull'asciugatrice in lavanderia."

"Perché Enrique lascia dei vestiti a casa tua?" C'era un po' di aggressività nelle sue parole e Nora si sentì rabbrividire.

Era una follia. Non aveva il diritto di essere geloso. E *lei* certamente non l'avrebbe trovato eccitante. Ma a quanto pareva il suo corpo non era dello stesso parere. Gli baciò la guancia, sfiorando il suo accenno di barba con le labbra. "È un membro del branco, e un mio *dipendente*. Tutti teniamo un cambio di vestiti a casa di ogni altro membro, per ogni evenienza. È così che funzionano i branchi."

Julian si girò e la bloccò contro il bancone, con le braccia che non le lasciavano via d'uscita. Lei avrebbe potuto opporsi. In un confronto di forza fisica una mutaforma batteva una strega.

Ma Nora non voleva muoversi.

I loro sguardi si allacciarono e lei seppe che lui stava per baciarla. Voleva che lo facesse così intensamente da sentire un dolore fisico. Aspettò, chiedendosi se l'avrebbe tirata per le lunghe o se avrebbe messo fine alle sofferenze di entrambi.

Lui si chinò, con gli occhi fissi sulle sue labbra.

E poi l'allarme assordante del rilevatore di fumo le fece quasi sanguinare le orecchie. Si separarono. Nora spense il fuoco e smorzò il fumo proveniente dalle salsicce con un coperchio.

"Apri una finestra!" Avrebbe voluto solo tapparsi le orecchie con le mani e mettersi a piagnucolare. I rilevatori di fumo non erano gentili con i sensi dei mutaforma.

Julian stava già attraversando la stanza, diretto alla finestra più vicina.

Nora afferrò la scopa che era accanto al frigorifero e si mise a punzecchiare il rilevatore più prossimo al fornello, cercando di disattivarlo. Lo mandò quasi in frantumi prima che finalmente smettesse di strillare contro di loro.

Si guardarono tutti e due per un attimo prima di scoppiare a ridere.

"Fa caldo, non trovi?" chiese lui con un sorrisetto malizioso.

Lei alzò gli occhi al cielo. "Rivestiti, dongiovanni. E resta fuori dalla mia cucina."

Nora riuscì a recuperare le salsicce, anche se

erano cotte molto oltre il necessario. E *lei* non bruciò le uova. Preparò anche un bricco di caffè. Quando Julian finì di vestirsi, cosa per la quale era decisa a *non* sentirsi delusa, era già tutto pronto e servito.

Si sedettero al tavolino della cucina, attenti a evitare di sfiorarsi i piedi. Lei addentò coraggiosamente un pezzo di salsiccia. Poteva avere un sapore peggiore. "Grazie per avermi preparato la colazione," disse. Non si era resa conto di quanta fame avesse, e si buttò sul cibo come se non avesse mangiato per mesi.

Del resto nelle ultime settimane aveva digiunato spesso, sbocconcellando qualcosa a singhiozzo. La maledizione le aveva provocato la nausea.

"Scusa se ti ho quasi bruciato la cucina." Julian mangiò più lentamente, assaporando ogni boccone. Nora rinunciò al tentativo di non fissarlo. Tutto in quell'uomo la affascinava, e lei non riusciva a smettere di guardarlo.

Lui non sembrava dispiacersene.

A metà del pasto Julian decise di dire la cosa a cui doveva aver pensato per tutta la notte. "Vorrei portarti da Audra. È una strega più potente di quanto potrò mai essere io, e può assicurarsi che la maledizione sia completamente scomparsa. Ma soprattutto potrebbe avere qualche idea sull'attacco di ieri sera. Ho già spezzato maledizioni in passato, e non è mai successo nulla di simile."

"Puoi parlare con Audra quanto vuoi, io devo lavorare." Ed era già in ritardo. Il sole era alto nel cielo e le nove erano passate da un pezzo. Nora non dormiva fino a tardi. Mai. Ma si sarebbe concessa qualche strappo alla regola, vista la situazione.

"Tu non vai a lavorare."

"Lo dici come se avessi voce in capitolo. Devo andare. È la mia attività." Ed era già stata negligente nell'ultimo mese. Doveva capire quanti danni avesse fatto e come si poteva procedere per recuperare.

Julian le porse il cellulare. "Controlla i tuoi messaggi."

"Stavi spiando il mio telefono? Come hai avuto la mia password?" Che faccia tosta, quella strega.

"No, ho parlato con Estelle mentre dormivi. È stata lei a chiamarmi ieri, per chiedermi di verificare come stavi. Volevo farle sapere che sei ancora viva. Ha detto che dovresti prenderti la settimana, per tornare in forma. Lei e gli altri sono perfettamente in grado di gestire le cose." Era ostinato nel voler controllare la sua vita.

Nora avrebbe voluto arrabbiarsi, ma in fondo alla sua mente era tormentata dalla vergogna. Per settimane Estelle l'aveva sollecitata a farsi aiutare, e lei era stata troppo orgogliosa per accettarlo. Lesse il suo messaggio.

Prenditi la settimana libera o ti sfiderò pubblicamente. Voglio un'alfa in piena forma. :D

Nora aggrottò la fronte. L'emoticon era proprio indispensabile? Ma in effetti aveva spinto il suo branco al limite. Doveva tornare nel pieno delle sue forze e non poteva far ricadere sui compagni altra magia negativa.

"Va bene, andremo a parlare con Audra."

Julian sorrise. "Fantastico!"

9

CAPITOLO NOVE

Erano sul treno da più di un'ora quando Julian parlò. "Dobbiamo fare una sosta prima di arrivare da Audra."

"Dove?" Nora aveva un'auto e le sarebbe piaciuto che l'avessero presa, ma si sarebbero ritrovati in un ingorgo senza fine se avessero tentato di usare le autostrade. Non amava andare in città. Non era un posto adatto ai lupi.

"A casa mia. I miei vestiti sono stati purificati dalla magia ma sono sporchi, e non voglio presentarmi dalla mia capo congrega in questo stato, se posso evitarlo." Si spostò sul sedile e lei vide una macchia scura sul fianco della sua camicia e uno strappo sotto una delle maniche.

"Avresti potuto prendere in prestito i vestiti di

Enrique," disse lei, e dovette chiudere la bocca per non sorridere all'occhiataccia che lui le scoccò.

La gelosia non l'aveva mai eccitata. Si era allontanata da più di un uomo che pensava di avere voce in capitolo sulle persone con cui lei interagiva. Ma quando era Julian a mostrarsi geloso, la cosa le mandava un brivido delizioso lungo la schiena.

C'erano dei limiti, naturalmente. Se lui avesse *davvero* detto qualcosa a Enrique, o non si fosse fidato della lealtà di lei, avrebbero dovuto fare una chiacchierata seria. Ma sapere di aver provocato una reazione così viscerale in lui? Era una cosa potente.

Aveva deciso di stare con Julian?

Dentro di lei, il suo lupo era assolutamente certo che avrebbe dovuto. La sua parte umana, tuttavia, non ne era ancora così sicura. Quel viaggio in treno le stava ricordando che la vita di Julian era in città. Non aveva intenzione di sradicare il suo branco solo per essergli più vicina.

Un solo bacio e *quello* era ciò di cui si stava già preoccupando? Stava impazzendo.

Lo sai che è più di un bacio.

"Stai bene?" chiese Julian. Le diede un buffetto sulla gamba, e lei coprì la sua mano con la propria.

"Sì, va tutto bene," rispose Nora. Non era il caso che lui avesse a che fare con la sua follia.

Qualche fermata dopo, Julian si alzò e lei lo seguì. Una volta scesi alla stazione, lui si diresse verso l'uscita. "Potremmo cambiare treno e arrivare un po' più vicino a casa mia, ma è solo una passeggiata di venti minuti."

"Le mie gambe avrebbero bisogno di una sgranchita."

Le strade non erano affollate in quella parte del Bronx, e Nora poté quasi apprezzare la camminata. Ma le auto e i treni rombavano e sferragliavano e i suoi sensi erano sotto attacco. Aveva bisogno della foresta, ogni giorno.

Julian viveva al terzo piano di un vecchio edificio di mattoni il cui atrio puzzava di marijuana. "I ragazzi del college che abitano due porte più in là sembrano avere una scorta infinita di erba," spiegò. "E di Doritos."

Nora arricciò il naso. Gli odori della città. In effetti ne avrebbe fatto volentieri a meno.

Julian aprì la porta e la guidò all'interno. L'appartamento era tirato a lucido come uno spillo e altrettanto piccolo. Era un monolocale, e il suo letto occupava buona parte della stanza. In un angolo c'era una piccola scrivania con sopra due monitor da computer e una pila di libri che sembrava sul punto di rovesciarsi.

La cucina era addossata a una parete ed era molto più ordinata della sua. Ma chi viveva in uno spazio così ristretto doveva essere ordinato, altrimenti sarebbe rimasto sepolto sotto una valanga di *roba*.

La puzza di marijuana era svanita, e tutto in quella stanza aveva solo l'odore di Julian. Se lei avesse avuto un po' meno autocontrollo si sarebbe rotolata sul suo letto e si sarebbe lasciata sommergere da quel profumo.

La città poteva anche non piacerle ma c'era qualcosa di innegabilmente speciale nel ritrovarsi nel luogo privato del suo compagno.

Julian aprì un piccolo armadio e tirò fuori tre cambi di vestiti e un piccolo zaino. Era evidente che avesse intenzione di tornare a casa di Nora. Lei avrebbe potuto protestare. Avrebbe potuto dirgli che il loro tempo insieme si sarebbe esaurito una volta che avessero finito di parlare con Audra.

Julian avrebbe detto che i vestiti erano una precauzione, solo nel caso in cui lui avesse dovuto riportarla a casa. Solo nell'eventualità in cui avesse avuto ancora bisogno di protezione magica. Lei avrebbe potuto obiettare. Le piaceva discutere con lui.

Ma in realtà voleva che tornasse a casa sua.

Voleva che lui si sdraiasse nel *suo* letto e lo ricoprisse del suo odore. Era un impulso primordiale ed era stufa di respingerlo. Che la accompagnasse pure a casa. Forse, se avesse ceduto alla follia, poi sarebbe riuscita a toglierselo dalla testa.

Il suo lupo sbuffò.

Già, quella strategia non funzionava mai.

Ma provarci non l'avrebbe danneggiata. Poteva guarire da un cuore spezzato. Se non si fosse concessa una possibilità, se ne sarebbe pentita per sempre.

Julian si tolse la camicia, e lei doveva aver fatto un rumore, perché si immobilizzò fissandola. "Posso cambiarmi in bagno," le propose.

Nora gli si avvicinò e gli strappò la camicia dalle mani, gettandola verso il letto. "Non ce n'è bisogno."

Lui la guardò per vedere cosa avrebbe fatto. Lei si lasciò guidare dall'istinto. Quella poteva essere la sua unica visita nello spazio privato di Julian, e voleva che lui la ricordasse ogni istante che passava lì. Non avevano molto tempo. Audra li stava aspettando.

Ma la capo congrega poteva attendere ancora un po'.

Nora passò le dita tra i capelli di Julian e lo tirò a sé, unendo le loro bocche e gemendo mentre sentiva il sapore di lui. Il bacio del giorno precedente era stato un puro momento di follia e non riusciva a riviverlo con la chiarezza che avrebbe desiderato. Stavolta, invece? Stavolta avrebbe costruito un ricordo da poter assaporare per sempre.

Aprì la bocca e Julian vi affondò la lingua, giocando con quella di lei. Le posò le mani sui fianchi, facendola avvicinare di più. Nora si mosse insieme a lui e si ritrovò con la schiena contro il muro, intrappolata dalla sua presenza massiccia.

Era il tipo di atteggiamento aggressivo e prepotente che non avrebbe mai tollerato da un altro mutaforma.

Ma dalla sua strega? Non aspettava altro.

Il suo corpo si accese e una scarica di piacere la attraversò, per la perfezione di quel bacio. E ogni nuova pressione delle labbra di lui, ogni tocco della sua lingua le faceva desiderare di avere di più. Il tempo e le responsabilità perdevano di significato mentre lui la stringeva. I rumori forti della città all'esterno svanivano, come se entrambi fossero chiusi in un loro piccolo mondo privato.

Julian le infilò un ginocchio tra le cosce, e Nora gemette di nuovo. Gli si strinse addosso, cercando di trarre da quel momento ogni più piccola scintilla di piacere. La pelle di lui era calda contro la sua, e lei avrebbe voluto togliersi la maglietta per vedere come avrebbe reagito Julian se fossero stati entrambi a torso nudo, ma per farlo avrebbe dovuto smettere di baciarlo.

E non ne aveva nessuna intenzione.

Lui fece scorrere le labbra lungo la sua mandibola e poi più giù sul collo, stuzzicandola con i denti in un accenno del morso d'amore che avrebbe mostrato a tutti cosa stessero facendo. Lei rovesciò la testa all'indietro, dandogli un accesso migliore. Voleva che lui la mordesse forte e le lasciasse un segno permanente, in modo che tutti sapessero la verità.

Avrebbero potuto rimanere in quell'appartamento per sempre. Il letto era a meno di un metro di distanza. Ormai le piccole dimensioni di quello spazio le sembravano una risorsa. Raramente avrebbero dovuto spostarsi dal letto, e le sarebbe stato possibile tenere gli occhi su di lui ovunque fosse andato.

Il lupo di Nora lo desiderava. Anche la donna lo voleva. Tutto quello che dovevano fare era cadere all'indietro.

Ma Julian si ritrasse. Le sue labbra erano rosse e gonfie per il bacio, gli occhi si erano fatti scuri. E c'era qualcosa di determinato, quasi predatorio, nel suo sguardo.

"Non finisce qui," promise.

Nora rabbrividì. "Sei sicuro di te."

Lui sorrise. "Lo sono." Poi fece un passo indietro e raccolse la maglietta pulita che gli era caduta, per poi indossarla. Infilò gli altri vestiti nello zaino e se lo mise in spalla. "Forza. Dobbiamo andare."

10

CAPITOLO DIECI

L'EDIFICIO dove viveva Audra aveva un ascensore. Che aveva l'odore di una versione idealizzata di foresta. Nora non sapeva come fosse possibile. Di solito le fragranze artificiali avevano uno sgradevole sentore chimico che non poteva essere mascherato. Ma non questa.

I corridoi erano ampi e ben illuminati, con colori caldi che davano subito l'impressione di una casa. Audra abitava all'ottavo piano e quando Julian bussò non perse tempo nell'aprire la porta, accogliendoli con un sorriso che divenne cupo velocemente.

"Entrate," disse, facendo un cenno verso l'interno. L'appartamento era grande per gli standard di New York e Nora rabbrividì immaginandone il costo. Subito accanto alla porta di ingresso c'era uno studio, e si intravedeva una cucina in fondo al corridoio, oltre a una sala da pranzo dall'aspetto formale. Dovevano esserci altre stanze, ma tutte le altre porte erano chiuse.

Audra era una donna nera non più giovane, di un'età indefinibile tra i cinquanta e i settant'anni, che non sarebbe apparsa fuori posto in un ritrovo hippy. Le piacevano gli abiti morbidi e fluenti, teneva i capelli abbastanza lunghi da ricadere sotto le spalle e di solito aveva un'espressione serena che la faceva sembrare saggia e senza età.

Quel giorno non era serena. Li accompagnò in soggiorno e indicò due sedie, poi si sedette su un piccolo divano di fronte a loro. Non offrì da bere. Non era una visita di cortesia.

Bene. Nora voleva risposte rapide per potersi lasciare alle spalle la città e il suo caos.

"Cosa mi hai portato, Julian?" chiese Audra, osservando Nora e squadrandola da capo a piedi.

Lei si sentì un po' come sotto la lente di un microscopio. La cosa non le piaceva.

Lui raccontò della maledizione e dell'attacco della magia nera. Parlò di magia con termini che Nora non aveva mai sentito prima, discutendo di vettori di potenza e matrici oscure. La faceva sembrare qualcosa di matematico.

Accidenti.

Ma Audra annuiva.

Julian non accennò ai baci. Meglio così. Non c'era bisogno che lei sapesse della loro relazione.

Non che ce l'avessero *davvero*.

Il lupo di Nora sembrò ridere di lei. Ma non stava mentendo a se stessa.

Quando Julian ebbe terminato il suo racconto, Audra tornò a guardarla. "Posso prenderti la mano per fare una scansione magica?" chiese.

Nora allungò il braccio, spostandosi sul bordo della sedia per raggiungere il tavolino che le separava. Le dita della strega la sfiorarono appena e lei sentì una scossa, come di elettricità statica, ma a giudicare da come la mano e le dita di Audra brillavano, si trattava di magia.

La frizzante non-elettricità le scorreva nelle vene, facendole provare l'impulso di rabbrividire e ritrarsi. Tuttavia Nora rimase ferma. La magia di Julian non le era sembrata altrettanto invadente, ma lei non voleva pensare troppo a quale potesse essere il motivo.

Dopo circa cinque minuti Audra allontanò la mano. "Mmm."

Non era un suono promettente. "Qual è il verdetto?" Nora non osò lanciare un'occhiata a Julian. Non aveva idea di cosa avrebbe mostrato il suo volto, e non voleva tradire qualcosa che la capo congrega non sapesse già.

"Scansione inconcludente." Audra si alzò e andò alla libreria lungo una delle pareti, prendendo quello che si scoprì essere un diario rilegato in pelle. Lo appoggiò sul tavolo e tirò fuori una penna, prendendo alcuni appunti. "Diresti di esserti sentita affaticata nell'ultimo mese?"

La parola *fatica* non rendeva minimamente l'idea. "Sì."

"Julian?" lo interpellò Audra, senza sollevare lo sguardo dal suo diario.

"Cosa?" Lui si agitò sulla sedia.

"Diresti di esserti sentito affaticato nell'ultimo mese?"

Nora si mise in allarme. Fissò Julian e si chiese cosa avrebbe risposto. Non dovette aspettare a lungo.

"Sì," ammise lui. "Un po'."

"E c'è stata qualche fluttuazione nella tua magia? In particolare da quando Nora ha ricevuto la maledizione?"

"Sì," disse ancora. "Ho fallito due tentativi di guarigione e un incantesimo mi si è ritorto contro. È molto insolito."

Audra scarabocchiò ancora qualcosa, poi chiuse il diario e sollevò lo sguardo. "Il legame nascente tra voi due ti ha salvato la vita," disse a Nora. "E siete fortunati per il fatto che il legame non è ancora completo, altrimenti la maledizione sarebbe stata in grado di danneggiare Julian molto di più. Così com'era, tu stavi prendendo un po' della sua energia per sostenerti da sola. È l'unica ragione per cui sei ancora viva. Quella maledizione avrebbe dovuto ucciderti in una settimana, due al massimo."

"Noi non siamo..."

Audra la interruppe. "Sono certa che non stai per propinarmi qualche sciocca bugia per negare. Uso la magia da prima che tu nascessi. Non è la prima maledizione che vedo."

Nora soffocò il tentativo. Eccola lì, la cosa che aveva cercato di ignorare da quando aveva messo gli occhi su Julian per la prima volta. Lui era il suo compagno.

E a quanto pareva le aveva salvato la vita grazie al solo fatto di esistere.

Lei tacque. Non poteva negare ciò che Audra aveva detto, ma la strega non vedeva il quadro completo. Non conosceva il motivo per cui Nora *non poteva* essere la compagna di Julian, almeno non del tutto.

"C'è ancora un collegamento tra te e chiunque stia sostenendo questa maledizione," disse Audra. "È così che la magia è tornata dopo che Julian ti ha guarito. Finché non sarà reciso il legame tra te e quella strega, puoi aspettarti altri attacchi."

"Sai come trovare l'altra strega? O come troncare il collegamento?" chiese Julian.

Audra gli rivolse un sorriso dolce. "Sfortunatamente no. Ma ho delle risorse e intendo scoprirlo. Per il momento restate vicini l'uno all'altra e datemi qualche giorno. Ho il sospetto che la persona che controlla la maledizione abbia bisogno di un po' di tempo per riprendersi dalle imprese di ieri. Vi chiamerò non appena scoprirò qualcosa."

Julian e Nora lasciarono l'appartamento e si diressero al treno, con il tacito accordo di tornare a casa di lei. Tutto ciò che aveva detto Audra le vorticava nella mente, ma sedette in silenzio accanto a Julian mentre il treno procedeva.

Sarebbe mai finito quell'incubo?

11

CAPITOLO UNDICI

L'appartamento di Nora era esattamente come l'avevano lasciato. Julian posò il suo zaino sul divano e lei si diede da fare in cucina per preparare il caffè. L'ambiente puzzava ancora un po' di salsiccia bruciata e lei cercò di trattenere un sorriso. Avrebbe dovuto insegnargli a cucinare, se lui avesse avuto intenzione di restare nei paraggi.

Quell'accenno di sorriso lasciò subito il suo viso.

Non poteva restare. Lui aveva una vita in città. E lei… beh, non era adatta a essere la compagna di nessuno.

Quando Nora uscì dalla cucina Julian era in piedi in soggiorno a guardare fuori dalle finestre.

"È pronto il caffè," disse lei.

"Grazie."

Rimasero in silenzio. L'appartamento si affacciava sulla piazza della cittadina. All'inizio lei voleva qualcosa ai margini dell'abitato, vicino alla foresta, un posto per metà selvaggio e adatto a un lupo. Poi aveva visto quell'appartamento e se ne era innamorata immediatamente. La cittadina era piccola e abbastanza tranquilla da non disturbare il suo lupo, ma anche abbastanza rumorosa da non farla mai sentire sola al mondo.

La parte umana di lei ne aveva bisogno.

"Hai detto a stento una parola da quando abbiamo salutato Audra," disse Julian dopo un po'.

"Non so cosa dire." Fissò anche lei lo sguardo fuori da una finestra. Temeva che, se avesse guardato lui, avrebbe potuto urlare. Non per lui. Ma per la situazione.

"Audra è la strega più saggia che conosca. Risolverà questa faccenda. E fino ad allora io ti terrò al sicuro da qualsiasi minaccia magica."

"E la tua vita in città? Non hai uno studio di medicina alternativa?" Lei aveva visto il suo biglietto da visita. Molti guaritori magici sostenevano di praticare la medicina alternativa, ma c'era anche un mare di ciarlatani umani e di terapie placebo.

Lui fece un cenno a indicare il suo zaino. "Le mie

visite sono per lo più online. Ascolto i miei pazienti e preparo cataplasmi e pozioni che posso spedire loro per posta."

"*Spedisci* incantesimi alla gente?" Sembrava ridicolo.

"Beh, in effetti non abbiamo gufi che consegnano messaggi," spiegò lui con un sorriso sarcastico.

Nora si mise a ridere, immaginando Julian coperto di piume, con una mezza dozzina di gufi appollaiati sulle braccia mentre cercava di fissare pacchetti e messaggi alle loro zampe. "Già, forse sarebbe un po' troppo complicato."

Lui si girò verso di lei e la inchiodò con uno sguardo. Nora in quel momento capiva come dovessero sentirsi le sue prede. "A cosa stai pensando veramente?"

Lei non voleva affrontare quella discussione. Non voleva rivelare la paura che sentiva sepolta nel profondo. Non voleva che Julian la scoprisse.

"Audra sostiene che siamo compagni. Avevi intenzione di dire qualcosa al riguardo?" continuò lui.

"Tu lo sapevi già." Non era una domanda. Magari lui non aveva mai usato quella parola, ma quel tipo di legame non era una novità segreta nel mondo soprannaturale. Lo sentiva con la stessa intensità di lei. Doveva essere così.

"Sapevo già cosa? Che ti sogno ogni notte? A volte mi sveglio con la certezza che ti ritroverò accanto a me, anche se prima di ieri abbiamo passato pochissimo tempo insieme. O che ho incubi in cui tu sei dilaniata da una maledizione e io non arrivo in tempo per salvarti? So che il mio cuore canta di gioia ogni volta che sono vicino a te e che la mia magia impazzisce? O so che mi respingi dal primo momento in cui abbiamo percepito questa cosa tra noi?" Il suo sguardo era severo e ognuna di quelle domande era un colpo violento per lei.

"Cosa vuoi che ti dica?" Nora era alla deriva. Il suo corpo si stava ancora riprendendo dalla maledizione e una parte sempre maggiore di lei voleva solo che Julian la prendesse tra le braccia e le dicesse che sarebbe andato tutto bene.

Continuava a dimenticare perché non potesse semplicemente andare così.

"Voglio sapere perché rifiuti questa cosa. È perché sono una strega? O perché sono un guaritore e non un combattente?

"È perché sono a pezzi!" Quella confessione le

uscì di getto e con forza, e Nora dovette fare un passo indietro. Doveva muoversi, o sarebbe esplosa.

"Cosa?" Julian si avvicinò, fermandosi quando lei alzò le mani, come se volesse respingerlo.

Lei non l'aveva detto a nessuno. La vergogna, la perdita erano troppo grandi da sopportare, e non tollerava il pensiero di essere compatita. Ma ora che aveva cominciato a confidarsi non poteva più smettere di parlare. "Non sono più stata in grado di trasformarmi da quando sono stata colpita dalla maledizione. Riesco a sentire il mio lupo dentro di me, ma è intrappolato. E si indebolisce ogni giorno di più. Un giorno mi sveglierò e sarà completamente scomparso. Non sono mai stata così sola. Non posso essere le compagna di nessuno. Non posso proteggere il mio branco, né chiunque altro! Mi rifiuto di portare qualcuno a fondo con me."

A quel punto Julian si avvicinò e l'abbracciò. "La maledizione ti ha indebolito, ma ora è spezzata. Il tuo lupo tornerà."

"E se non lo facesse?" La paura che la maledizione potesse essere annullata e che lei potesse perdere il suo lupo era la vera ragione che aveva trattenuto Nora dal cercare aiuto. Era meglio morire che rimanere con solo la metà di se stessa.

"Tornerà," promise lui. La strinse ancora più

forte e le sfiorò la fronte con le labbra. "E se non ci riuscirà da solo, passerò al setaccio ogni testo magico esistente finché non avremo una risposta. E se non la troveremo lì, convinceremo qualcuno del tuo branco a morderti. Sarai ancora un lupo, in un modo o nell'altro."

"E se niente di tutto questo funzionasse?" Provare a risolvere il problema faceva anche più paura che conviverci. Poteva gestire la mancanza di speranza. La speranza, invece? Non c'era niente di più terrificante.

"Allora vivrai come un'umana. E io sarò qui con te. Se mi vorrai. Hai visto la mia magia. Sono un guaritore, ma so anche difendermi da solo. Non mi serve qualcuno che mi protegga. Io voglio una compagna."

Il profumo di lui l'avvolgeva, e sarebbe stato facile, facilissimo, cedere. Avrebbe ottenuto tutto ciò che desiderava e sarebbe andato tutto bene, poteva scommetterci. "Non posso prendere questo tipo di decisione adesso. Non sono..."

"Ti voglio," la interruppe lui. "Tu mi vuoi?"

Poteva equivocare. Poteva mentire. Ma tra le sue braccia, la verità era evidente. "Sì."

Julian sorrise, e nonostante il terrore per il futuro

Nora si sentì più leggera. "È l'unica cosa che conta. Il resto lo scopriremo strada facendo. Va bene?"

Perché le sembrava di essere in piedi sull'orlo di un precipizio? Ma aveva una sola risposta da dare. "Va bene."

Lui la baciò.

12

CAPITOLO DODICI

IL LUPO di Nora avrebbe voluto ululare di gioia al contatto delle labbra di lui con le sue. *Quello* era ciò che doveva esserci tra loro, non tensione e rifiuto. E mai paura. Lei e Julian avrebbero potuto affrontare qualsiasi minaccia che il mondo avesse voluto mettere davanti a loro, purché lo facessero insieme.

Il corpo di Nora bramava quello di lui, caldo, teso e impaziente di liberarsi da quegli stupidi vestiti che la confinavano. Voleva tirarlo giù a terra proprio lì e sedurlo a modo suo.

Due volte.

Ma aveva un bel letto a pochi passi di distanza. E un divano ancora più vicino. Nora non si mosse, non quando poteva abbandonarsi alla sensazione della lingua di Julian che la reclamava. Accidenti, quell'uomo sapeva come baciare. Perché non si erano baciati per tutto il giorno?

Le dita di lei cercarono sotto la maglietta finché non trovarono la pelle, e lui sussultò sulla sua bocca quando gli fece scorrere le unghie sulla schiena sensibile. Non abbastanza forte da lasciare il segno, ma come promessa di altre cose a venire.

Di *tutto* ciò che sarebbe arrivato.

Ma sentire la sua pelle non era sufficiente, non quando lei voleva baciarne ogni centimetro finché non lo avesse memorizzato, per poi farlo di nuovo solo per sicurezza. Era passato tanto tempo dall'ultima volta in cui si era lasciata andare, e sapeva che sarebbe stato diverso e migliore, con Julian.

I suoi baci già la facevano impazzire. Cosa sarebbe successo quando fosse stata sul letto e completamente a sua disposizione?

Non vedeva l'ora di scoprirlo.

Nora era un lupo alfa. Una predatrice di predatori. Ma una parte di lei voleva sottomettersi al suo compagno. Così come un'altra parte non vedeva l'ora che *lui* si sottomettesse a lei. L'uno all'altra, entrambi, uguali.

Si allontanarono dalla finestra inciampando, mentre i vestiti volavano dappertutto. Un'immagine mentale della stanza avvertì Nora che doveva spingere Julian di lato prima che andassero a sbattere sul tavolino rompendosi le dita dei piedi.

Al diavolo, il letto era troppo lontano.

Lo tirò giù sul divano e gli passò una gamba nuda intorno alla coscia. Dove erano finiti i suoi pantaloni? Non aveva importanza. Nuda era comunque meglio. Non che lo fosse completamente. La camicia era aperta e il reggiseno era ancora allacciato. Ma tutto ciò che era al di sotto della vita era sparito.

Per lui era il contrario. La stoffa ruvida dei jeans stuzzicava la sua pelle sensibile mentre il petto era in bella vista, nudo, per lei.

Julian si tirò indietro e Nora cercò di seguirlo, ma lui la immobilizzò sul divano con una mano sul petto e uno sguardo rovente negli occhi mentre si metteva in ginocchio sul pavimento davanti a lei, con le labbra piegate in un sorriso seducente.

"Sì?" chiese, con le dita di una mano che le carezzavano la parte superiore della coscia, senza ancora toccarla dove lei avrebbe voluto, ma facendo crescere l'impazienza.

"Sì." Nora rimase immobile mentre lui si piegava, baciandole le cosce e prendendosi tutto il tempo necessario. Quell'uomo era una minaccia. Voleva la sua lingua su di lei *subito*, e invece lui la stuzzicava come se avessero avuto un'eternità per regalarsi piacere a vicenda.

Inarcò la schiena spingendo avanti i fianchi, ma lui non abboccò. E nel passargli le dita tra i capelli, non lo forzò. Quell'uomo aveva un piano, e l'aveva immobilizzata sul posto incantandola. Voleva sapere cosa avrebbe fatto a quel punto.

E poi la sua lingua fu interamente su di lei, e Nora non riuscì a trattenere il gemito che le sfuggì mentre lui le mostrava di sapere *esattamente* cosa stesse facendo. Avrebbe potuto essere gelosa nel pensare a dove avesse imparato, se il suo cervello avesse potuto concentrarsi su qualcosa di diverso dal piacere del momento. Con la mano libera afferrò la morbida stoffa del divano, cercando di rimanere ancorata lì prima che l'ondata la travolgesse.

Luì continuò come se volesse torturarla, fino a farle emettere suoni che lei non sapeva la propria gola potesse produrre. Credeva quasi che lui stesse usando qualche tipo di magia sensuale su di lei, ma non c'era energia nella stanza. C'erano solo loro due.

E già *quello* era quasi troppo.

Era pronta a saltare giù in quell'abisso di piacere quando il suo compagno dimostrò quanto potesse essere davvero crudele, tirandosi indietro *appena* prima che lei arrivasse al culmine e lasciando che il suo corpo si raffreddasse. L'avrebbe insultato se avesse avuto abbastanza fiato. Invece, quasi con vergogna si ritrovò a mugolare.

Julian ebbe pietà. Ricominciò la tortura da capo. E mentre si contorceva sotto la sua lingua e le sue dita, lei avrebbe voluto implorarlo di lasciarla venire... e di non far finire mai quel momento.

Ma tenne la bocca ben chiusa. Lui era riuscito a farla gemere, ma lei non avrebbe ceduto. Era stata addestrata alla tortura fisica, e sebbene il piacere la stesse travolgendo, sapeva di poter gestire la situazione.

Julian percepì il cambiamento in lei e si ritrasse quel tanto che bastava, con le sopracciglia sollevate. "È questo il tuo gioco?" chiese.

"Non cederò mai." Sarebbe stata più convincente se non avesse sussultato quando le dita di lui le si immersero dentro, stuzzicando l'entrata.

"Mi implorerai di averne ancora," la provocò. La sua strega voleva giocare.

Nora lanciò un'occhiata all'orologio sul tavolo di fianco a loro. "Hai tempo fino a quando le campane della chiesa non segneranno l'ora. Poi sarà il mio turno." Sette minuti. Poteva sopravvivere sette minuti.

"Non c'è tempo da perdere." C'era una scintilla

negli occhi di Julian, e lei capì subito che forse aveva sbagliato i suoi calcoli.

Ed era pronta a pagare per il suo errore.

La magia le risalì i fianchi, e legami invisibili la tennero ferma mentre lui si scatenava su di lei. Non c'era più modo di trattenersi. E lei ne fu felice. Julian usò la lingua per portarla al culmine, ma invece di trascinarla tra i gemiti di piacere si tirò indietro, pronto a usare ogni secondo del suo tempo.

Nora voleva di più. Lottò contro i legami magici, ma solo perché voleva toccarlo. Julian la legò ancora più strettamente e Nora si rese conto che, a meno che non si fosse chiamata fuori dall'intera faccenda, avrebbe dovuto rimanere lì a subire.

Lo accettò.

Dimenticò la sfida e tutto il resto a eccezione della sensazione delle dita di Julian su di sé, della sua lingua e della sua magia che sosteneva il tutto. Non aveva mai saputo che una strega potesse usare la magia in un incontro carnale, ma voleva vedere cos'altro poteva fare.

In lontananza si sentì un rintocco di campane, mentre il suo corpo rinunciava a lottare contro il piacere e si arrendeva all'orgasmo tra grida e brividi. I legami magici si dissolsero, ma Nora non volle muoversi.

Julian aveva un'aria compiaciuta, e se l'era meritata. Ma quell'espressione le ricordò la sfida, e lei ritrovò così la motivazione necessaria per decidere come muoversi.

"Ti è piaciuto?" chiese lui, con un sorriso.

Nora si piegò e usò tutta la sua forza per sollevarlo e trascinarlo sul divano, invertendo le loro posizioni. "Tocca a me."

Gli si inginocchiò di fronte e sollevò lo sguardo, fissando gli occhi in quelli di lui.

Era il suo turno di farlo urlare.

13

CAPITOLO TREDICI

JULIAN ERA in camera da letto a fare qualcosa di stregonesco, e Nora si sentì come se la sua pelle fosse troppo stretta per contenerla. In un altro momento, in un altro giorno, si sarebbe trasformata e avrebbe corso nella sua forma animale per sfogarsi un po'. Ma al momento era bloccata nella sua stupida pelle umana senza alcuna speranza di sollievo.

Sarebbe mai tornata a correre come lupo?

Julian appariva ottimista, ma lui non sapeva come ci si sentisse. Aveva provato a spiegarglielo dopo che avevano finito di regalarsi orgasmi. Sembrava quasi aver capito quando lei aveva detto che sarebbe stato come se gli fosse stata tolta tutta la magia. Eppure lui insisteva sulla convinzione che sarebbe andato tutto per il meglio.

Era passato un mese. Non aveva mai vissuto un

periodo così lungo senza mute. I piccoli comincia-
vano a trasformarsi a pochi giorni dalla nascita. Lei
era meno mutaforma di un fottuto cucciolo.

Forse aveva bisogno di parlare con qualcuno del
suo branco. Loro avrebbero potuto capire. Ma il
pensiero di rivelare i suoi timori la faceva sudare.

No, non ancora.

Forse Julian aveva *davvero* ragione, e una volta
che fosse completamente guarita dalla maledizione
tutto sarebbe tornato a posto. Non sapeva come
potesse andare avanti se non fosse più stata una
mutaforma.

Camminò avanti e indietro in soggiorno. C'era
qualcosa che stava facendo rumore? Si fermò ad
ascoltare. Sentiva Julian muoversi in camera da letto
e percepiva un debole aroma di erbe, ma non era lui.
No, era come il fastidioso ronzio di un insetto
intrappolato, o di una corrente elettrica.

Non era la televisione, e lei non vedeva insetti.

Più restava immobile, più il ronzio cresceva di
intensità. Riprese a camminare e quell'irritante
rumore si attenuò, ma non scomparve. Fantastico,
ora le stava venendo il mal di testa. I mutaforma non
soffrivano di emicrania.

Doveva uscire da quell'appartamento.

Nora guardò la porta e poi lanciò un'altra

occhiata verso la sua camera da letto. Julian non avrebbe gradito. Lei stava affrontando un problema da streghe ed era sciocco allontanarsi da qualcuno che possedeva la magia. Ma il parco era proprio lì fuori, quindi non si sarebbe allontanata troppo. Si tastò la tasca per assicurarsi di portare con sé il telefono.

Sì, era lì.

Lei stessa avrebbe rimproverato un cliente se avesse fatto una bravata del genere, ma Nora non era una cliente di Julian. E avrebbe strisciato fuori dalla sua pelle se non avesse preso una boccata di aria fresca.

Il ronzio nella sua testa peggiorò.

Scarabocchiò un appunto su un foglietto di carta e lo lasciò sul bancone per Julian. Avrebbe saputo che era uscita, e lei gli avrebbe mandato un messaggio se fosse successo qualcosa di attinente con la magia.

Il ronzio si attenuò un po' mentre usciva dalla porta e scendeva le scale. I suoi muscoli si rilassarono e lei respirò profondamente. Sentiva il profumo del verde del parco e della foresta circostante, anche se coperto dalla puzza di gas di scarico e di asfalto.

Sicuramente meglio di New York, comunque.

Il parco accanto a casa sua era grande, con

sentieri alberati, due grandi aree di gioco e due campi da baseball. Avrebbe potuto camminare lì per ore.

Non aveva una meta precisa in mente, ma la cosa non aveva importanza. Non poteva certo perdersi. Stava semplicemente *camminando*. In altre circostanze avrebbe potuto correre, ma non aveva pensato di indossare un abbigliamento adatto e le sue scarpe non le avrebbero permesso il tipo di corsa che le sarebbe piaciuto fare.

Forse sarebbe tornata il giorno successivo.

Il ronzio nella sua testa si attenuò fino a diventare un piccolo cinguettio fastidioso, ma che poté ignorare. A quanto pareva si era trattato del modo in cui il suo corpo le diceva di smettere di stare così rinchiusa. Non era più debole a causa della maledizione, quindi era ora di godersi di nuovo la vita.

Il viottolo che stava percorrendo era un anello di ottocento metri intorno a una parte del parco che la riportò all'ingresso più vicino a casa sua, e mentre si avvicinava vide Julian seduto tranquillamente su una panchina a guardare il telefono.

Lo stronzo l'aveva seguita.

Nora si accigliò e lasciò il viottolo prima che lui potesse vederla, scegliendo un percorso alternativo che non passasse davanti alla sua panchina. Se gli si fosse avvicinata avrebbero potuto litigare, ed era una giornata troppo bella per arrabbiarsi.

Il nuovo sentiero non era asfaltato e ad ogni passo Nora affondava nell'erba morbida. Era sicuramente la scelta giusta. Aveva bisogno di terra sotto i piedi.

Si diresse verso il lato opposto del parco, lontano da Julian e dalle poche altre persone che approfittavano del pomeriggio soleggiato. Una vocina in fondo alla sua mente la tormentava dicendole che era una cattiva idea, ma era come se i piedi avessero una volontà propria, e lei *doveva* muoversi.

Avrebbe potuto temere che una forza esterna la stesse influenzando. Ma Julian non era lontano. Lui aveva sensi magici e avrebbe percepito eventuali pericoli.

Giusto?

Nora scacciò quel pensiero. Rosalie Sutton era in un carcere magico da qualche parte nelle profondità di una montagna. Non poteva raggiungerla. E i suoi complici? Beh, lei non sapeva dove fossero e al momento non le importava.

Il ronzio tornò a farsi sentire.

Lei si infilò tra due alberi e si fermò. Il sole sparì improvvisamente e sembrò che stesse per avvicinarsi un temporale. Ma l'atmosfera non era cambiata. Si guardò alle spalle, nella direzione da cui era venuta, e vide che anche il sentiero era scomparso.

Al suo posto era apparso un grosso cespuglio, proprio dietro di lei, con dei rami così fitti che lo sguardo non riusciva a passare oltre verso il parco.

Qualcosa non andava.

Nora prese il telefono per chiamare Julian. Quella era roba da streghe e lei aveva bisogno del suo aiuto. Sperava che si trattasse solo di qualcuno che la prendeva in giro cercando di farle perdere la strada.

Ma aveva la sensazione che stesse per incontrare una delle streghe complici della Sutton.

Aveva selezionato il contatto e stava per far partire la chiamata quando una scarica di magia la colpì al petto facendole cadere il telefono. Nora cercò di urlare, ma qualcosa le stringeva la gola soffocando ogni suono.

Cadde in ginocchio e cercò di mantenere la lucidità. Non poteva farsi prendere dal panico. Il panico l'avrebbe portata alla morte.

Dov'era il cellulare?

Si sforzò di raggiungerlo, ma era distante da lei e l'energia magica che la tratteneva era troppo forte perché potesse opporsi. Non importava quanto impegno ci mettesse, non si muoveva di un centimetro.

Una donna entrò nella radura in penombra. Era bassa, con capelli e occhi scuri, e indossava semplicemente dei jeans e una maglietta nera. La magia crepitava tutt'intorno a lei, un potere superiore a quello che aveva mostrato un mese prima.

Nora la riconobbe. Era una delle streghe della congrega di Rosalie Sutton, una di quelle che erano fuggite dopo la cattura della loro leader.

Delia Cruz.

Il nome le tornò alla mente quando la strega le indirizzò contro una scarica simile a un fulmine. Lei non poteva muoversi per schivarla. La colpì al petto e Nora sussultò di dolore. La magia penetrava in lei, scavando nella sua anima e trovando i percorsi che erano stati aperti dalla maledizione.

Non poteva raggiungere il telefono. Ed era troppo lontana perché Julian potesse sentirla urlare. Ma c'era il legame nascente della coppia predestinata a tenerli uniti. Nora cercò di accantonare il dolore. Non le sarebbe servito a nulla.

Più facile a dirsi che a farsi.

Quell'agonia era una cosa viva. Nora si sentiva come se le sue ossa fossero in fiamme e allo stesso tempo frantumate. Sentì un rivolo umido sull'orecchio e si chiese se stesse sanguinando. Cosa poteva farle quella magia?

Le streghe raramente uccidevano direttamente con il loro potere. La cosa aveva sempre delle conseguenze. Ma Delia non sembrava preoccuparsene in quel momento.

Nora raddoppiò gli sforzi, allontanando il dolore e concentrandosi su Julian, un brillante, luminoso faro di speranza sepolto nel profondo della sua mente.

Sperava che lui potesse sentire il legame che li univa. Audra aveva detto che c'era. Quando Nora cedeva alla vulnerabilità, riusciva quasi a percepire i loro cuori connessi. Ma il legame non era completo.

Se fossero sopravvissuti a quella situazione, si sarebbe completamente affidata a lui non appena fosse guarita. Non avrebbe permesso a niente e nessuno di mettersi tra loro.

Un'altra ondata di magia e il dolore la investì, più facile da ignorare, stavolta, vista la profondità con cui si era immersa in se stessa.

Nora raccolse tutte le sue energie e si concentrò su quel faro, lanciando un grido d'aiuto con tutto il suo essere.

"Julian!"

14

CAPITOLO
QUATTORDICI

JULIAN SI ALZÒ di scatto dalla panchina quando il grido di Nora gli attraversò la testa. Si mise a correre prima di poter stabilire una direzione. Non aveva bisogno di pensare. Il richiamo proveniva dalla profondità del parco ed era lì che stava andando.

Dolore. Angoscia. Gli affondavano dentro, ma non era lui a provarli.

Qualcuno stava facendo del male a Nora.

Nell'appartamento erano stati al sicuro dalla localizzazione perché lui aveva eretto una protezione dalle interferenze esterne. Lo avrebbe detto a Nora, se non fosse sgattaiolata via da sola. Ma al momento non c'era tempo per rimuginarci sopra.

Julian chiamò a sé la magia, aprendo i suoi sensi al mondo circostante. Le sue abilità nella magia da combattimento erano limitate, ma aveva messo insieme un pugno di ferro, e l'avrebbe fatta pagare a chiunque stesse cercando di danneggiare la sua compagna.

Se fosse riuscito a trovarli.

Rallentò quando il grido si affievolì, tuttavia il legame che lo univa a Nora era ancora presente. Ma lei dov'era?

Aveva lasciato il percorso asfaltato, e il bosco intorno al sentiero nell'erba era fitto, più fitto di quanto avrebbe dovuto essere.

Diavolerie magiche.

Julian lanciò una scarica di energia. Avrebbe potuto avvertire chiunque stesse attaccando Nora del proprio arrivo, ma non gli importava. Era abbastanza furioso da non aver bisogno dell'effetto sorpresa.

I cespugli accanto a lui si illuminarono di magia e Julian vi si avventò contro, mandando una scarica a precederlo per sfondare la barriera. Oltre i cespugli si ritrovò in penombra, la luce del sole era solo un accenno.

Ma poteva vedere abbastanza bene anche così. Una strega stava colpendo Nora con il suo potere e l'aveva costretta a inginocchiarsi, con i denti scoperti per il dolore e la paura.

Julian riconobbe la Delia Cruz dell'incidente di un mese prima con la congrega della Sutton. Quindi era effettivamente una delle sue complici.

Sarebbe marcita in prigione per sempre. Se lui non l'avesse uccisa per aver messo in pericolo la sua compagna.

Inviò un'altra scarica verso Delia e accolse con favore la scossa che gli giunse in risposta per aver fatto un uso offensivo della magia. La sferzata di dolore lo aiutò a concentrarsi e gli strappò una risata mentre Delia indietreggiava.

"Chi diavolo sei?" chiese lei mentre si rimetteva in piedi e chiamava a raccolta il suo potere. Ne inviò un'ondata a Nora per immobilizzarla sul posto. "Sei l'idiota che ha spezzato la maledizione?"

Non c'era nulla di idiota, ma Julian lo tenne per sé. Lei voleva punzecchiarlo per trascinarlo in uno scontro verbale che gli avrebbe fatto perdere la presa sul suo potere. Ma lui era più forte di così. La sua magia era uno strumento raffinato che poteva eradicare i tumori dai corpi con una sola scarica di energia. Poteva affrontare quella donna anche dormendo.

Non poteva liberare Nora senza distogliere la sua attenzione da Delia, ma poteva inviarle una scarica di magia nella speranza che potesse proteggerla da qualsiasi dolore la strega stesse cercando di provocarle. La sua compagna era forte, anche se non era una strega. Forse poteva rompere lei stessa l'incantesimo che la controllava.

Sperò che ci riuscisse.

Delia cambiò tattica. "Che razza di guaritore conosce questi incantesimi? Stai facendo del male."

Julian le scagliò contro un'altra ondata di energia, ma lei era pronta e la bloccò. Le sue parole non lo toccarono emotivamente, ma quello che stava facendo a Nora minacciava la sua sanità mentale. E lei prima o poi l'avrebbe capito, quindi doveva fermarla prima che tornasse a concentrarsi sulla sua compagna.

Invece di colpirla di nuovo direttamente, Julian inviò la sua magia attraverso il terreno, un'onda d'urto che le fece tremare la terra sotto i piedi e la fece inciampare. Delia cadde, e la magia di lui la investì, legandole i polsi e le caviglie con manette invisibili.

Ma non fu abbastanza veloce. Lei si liberò un polso e usò il suo potere per raccogliere un ramo caduto e colpirlo. Lui si tuffò a terra per schivarlo e trovò ad attenderlo una sferzata di magia che gli si abbatté sul viso aprendogli un taglio sulla guancia.

Delia l'avrebbe pagata.

Lui era più forte, ma lei era più abile nella magia offensiva. L'unica possibilità per Julian era quella di sopraffarla rapidamente. Se avesse fallito si sarebbe stancato, e lei sarebbe stata in grado di sconfiggerlo con un solo colpo.

Ma lui non stava combattendo solo per salvare se stesso. Vedeva Nora lottare contro il potere che la stava trattenendo. Stava per liberarsi. E una volta che ci fosse riuscita, Delia non avrebbe potuto combattere efficacemente contro entrambi.

Julian richiamò tutta la magia che poteva e la scagliò contro la strega. I suoi legami le bloccavano una mano e una caviglia. Era riuscita a liberare anche un piede durante il suo ultimo attacco. Lui le afferrò la caviglia con il suo potere e la strinse, impegnando tutto se stesso nel tenerla ferma.

Le radici delle piante intorno a loro potevano essere sue alleate, e lui le chiamò, spingendole a spostarsi e a crescere per bloccare i polsi di Delia. Le radici assorbirono la sua magia come se fossero state create per farlo, e sebbene la strega si dibattesse, non riuscì a liberarsi.

Julian lasciò andare parte della magia, restituendola alla terra. Poi tornò barcollando da Nora e la liberò dall'incantesimo di Delia.

Lei gli gettò le braccia al collo e lo baciò come se

avesse pensato che sarebbero morti entrambi. "Mi hai sentito."

"Accorrerò sempre al tuo richiamo," promise lui.

Delia emise un suono disgustato da dove era legata alle radici, e loro le lanciarono entrambi un'occhiataccia.

"Cosa ne facciamo di lei?" chiese Nora. Fissò la strega con un luccichio da lupo nello sguardo.

Una parte oscura di Julian gli suggerì che nessuno era in arrivo. Potevano eliminare Delia lì e subito, e sostenere che si era trattato di legittima difesa. Poteva persino liberarla dai suoi legami e lasciare che lei li attaccasse. Sarebbe morta prima di rendersene conto.

Invece allungò una mano in tasca e tirò fuori il telefono. "Andrà in quella montagna, in una cella non lontana dalla sua vecchia capo congrega. Affronterà un tribunale e risponderà dei suoi crimini."

Fece un passo indietro e uno dei rami degli alberi sopra le loro teste si spezzò, cadendogli addosso e facendogli perdere la presa sul telefono. Sentì una fitta di dolore attraversarlo e udì un altro schiocco, ma non riuscì a vedere nulla.

Nora gridò, poi lui sentì un rumore di stoffa che si strappava e un ringhio.

Anche Delia urlò, e la sua voce sembrò molto più vicina di quanto avrebbe dovuto. Poi le urla cessarono.

Un lupo ululò.

15

CAPITOLO QUINDICI

Nora si rese conto di ciò che era successo solo quando sentì la mano di Julian nella sua pelliccia. Era nella sua forma animale.

Era un lupo!

Si sarebbe messa a saltare se il corpo di Delia non fosse stato sotto le sue zampe. Voleva correre e festeggiare. Dopo un mese senza sentire la sua seconda pelle, le sembrava che si fosse rotta una diga e che improvvisamente nel mondo tutto fosse tornato al suo posto.

Nora si allontanò da Delia e si impose di calmarsi. Aveva un compito da svolgere in quel momento e non poteva farlo su quattro zampe.

Andrà tutto bene. Lo promise a se stessa. Ora che aveva ritrovato il suo lupo sapeva di potersi trasformare nuovamente. Ciò che aveva bloccato la muta, qualunque cosa fosse, era scomparso.

Si arrese e sentì il suo corpo cambiare, i muscoli e le ossa riallinearsi finché non si ritrovò su due piedi, completamente nuda e un po' infreddolita. Raccolse la sua maglietta e la indossò. Era un po' strappata, ma copriva la maggior parte delle aree importanti.

Un'altra donna avrebbe potuto sentirsi in colpa per ciò che aveva fatto a Delia. Ma Nora stava proteggendo il suo compagno. Uccidere chi lo minacciava era il suo dovere.

Aveva però un po' timore di guardare Julian. Aveva speso molte energie nel bloccare la strega. E se lui non avesse provato i suoi stessi sentimenti?

Quando finalmente alzò lo sguardo su di lui, non vide nei suoi occhi paura o vergogna. Capiva bene quanto lei che certe cose andavano fatte.

"Chiamerò le autorità," disse lui. "Vorranno farle l'autopsia per assicurarsi che non nasconda qualche segreto."

"È stata legittima difesa." Nora sapeva che nel nominare 'le autorità' lui intendeva quelle magiche, non la polizia umana, ma quella giustificazione le sfuggì ugualmente dalla bocca.

"È possibile che vogliano vedere i nostri ricordi.

Questo dovrebbe chiarire tutto. Puoi acconsentire?" Sembrava realmente curioso.

Lei si chiese cosa avrebbe fatto Julian se avesse detto di no. Avrebbe dichiarato guerra alle autorità magiche per lei? Ma si costrinse ad annuire. "Se è proprio necessario..."

Lui fece la chiamata e lei si aspettava che ci volesse un po'. Raccolse i pantaloni strappati da terra e li indossò. Non avevano un bell'aspetto, ma almeno non era nuda. In mezzo al suo branco non le sarebbe importato. Ma con la polizia delle streghe che avrebbe potuto trascinarla via in catene? Voleva avere dei vestiti addosso.

Le scarpe e la biancheria intima non avevano resistito alla muta. Tutt'intorno c'erano grumi di gomma e brandelli di tessuto strappato. Oh, beh. Poteva capitare.

Stavano aspettando nella radura da appena cinque minuti o poco più quando di fronte a lei apparve una fessura. Una linea bianca che sembrava tagliata nell'aria, e che si aprì lasciandosi attraversare da quattro persone con abbigliamento formale e altre quattro che indossavano quello che appariva come un equipaggiamento da polizia scientifica umana.

Julian si raddrizzò quando una delle persone in

abito elegante lo salutò. L'uomo era fra i trenta e i quarant'anni e indossava un completo grigio sul corpo snello, e accanto a lui c'era una donna imponente con i capelli ricci e rossi. Gli altri due, due uomini in giacca e cravatta, andarono incontro a Nora; uno dei due era più basso di lei di cinque centimetri, aveva la pelle mediamente scura e i capelli neri tagliati cortissimi, l'altro era più scuro di carnagione e aveva i capelli verdi. Quel colore di capelli era inatteso.

"Mi chiamo Ezekial O'Malley," le disse il primo uomo. Fece un cenno con la testa verso il suo collega dai capelli verdi. "Lui è Frank Garner. Siamo dell'Unità Investigativa Arcana. Delia Cruz era una fuggiasca da circa un mese. Mi permetterebbe di visualizzare i suoi ricordi dell'evento con un semplice incantesimo? Se tutto va bene, potremo rilasciarla senza ulteriori ritardi."

Omisero di specificare che se *non fosse* andato tutto bene, l'avrebbero trascinata in una prigione da streghe. Ma Nora sapeva cosa era successo, e non era il caso di combattere le autorità in quel momento, soprattutto perché loro erano in otto e lei e Julian erano soli, a difendersi.

"Faccia pure."

Ezekial annuì, ma fu Frank ad avvicinarsi, con

una cantilena a voce troppo bassa perché lei potesse distinguere le parole. Lui le posò una mano sulla tempia e immagini come istantanee di ciò che era successo nell'ultima ora le sfrecciarono dietro gli occhi, troppo veloci perché potessero essere accompagnate da emozioni. Era un'esperienza vertiginosa, ma finì quasi subito dopo essere iniziata. La mano di Frank brillava e sembrava accesa dei suoi ricordi, e lui sussurrò un altro incantesimo prima di stringere quella di Ezekial. Entrambe le mani brillarono, mentre i due visualizzavano i ricordi.

Dopo qualche altro minuto, Ezekial fece un cenno di assenso. Sembrava essere tornato alla realtà presente. "Grazie per la sua collaborazione. La UIA la contatterà, se avremo bisogno di altro. È libera di andare."

Beh, *quello* era stato molto più facile rispetto all'avere a che fare con poliziotti umani.

Nora si allontanò e trovò Julian ad attenderla ai margini della radura. "Tutto sistemato?" chiese lei.

Lui annuì.

"Andiamo a casa." Gli prese la mano e lo condusse fuori dal parco.

16

CAPITOLO SEDICI

QUANDO RIENTRARONO A CASA SUA, Nora notò che Julian aveva cominciato a zoppicare. E a peggiorare la situazione, aveva un braccio sporco di sangue.

"Cosa diavolo è successo? Perché non mi hai detto che eri ferito?" Nora si affrettò ad aiutarlo a raggiungere il divano e lo fece sedere. "Resta qui. Vado a prendere il kit di pronto soccorso." Come mutaforma a lei il kit non serviva, ma aveva svolto qualche incarico con le streghe e un paio con umani, e aveva visto che tipo di danni potevano subire. Dopo un lavoro particolarmente insidioso, aveva comprato quei generi di primo soccorso da tenere a casa sua. Per ogni evenienza.

Julian la aspettò. "Guarirò in fretta," le assicurò. "Non appena i miei poteri si saranno rigenerati, potrò fare un incantesimo di guarigione e tornerò come nuovo."

"Cosa vuoi dire?" Lei si inginocchiò sul pavimento e gli fece togliere la maglietta. Vedendolo trasalire quando il tessuto si staccò dalla ferita, prese una garza e la soluzione fisiologica.

"Voglio dire che mi ci è voluta un sacco di magia per fermare Delia. I miei poteri hanno bisogno di qualche ora per rigenerarsi. Starò bene." La guardava come se fosse *lei* quella ferita, quella che aveva bisogno di attenzioni.

Nora si accigliò. Era in perfetta forma. Stava più che bene. Aveva di nuovo il suo lupo. Era di nuovo integra. Era il suo stupido compagno a pensare che non fosse un problema farsi male nel combattere contro una strega malevola.

Il suo stupido, stupido compagno.

Julian sussultò, e Nora si rese conto che *forse* gli stava pulendo la ferita un po' troppo... energicamente. Si tirò indietro, proseguendo con più delicatezza finché non fu sicura che la ferita fosse pulita, prima di fasciarlo con una benda.

Lui aveva anche un taglio sul viso, ma non sembrava molto grave. Non sanguinava.

"Vuoi che disinfetti anche quello?" chiese lei.

"Va bene così." Julian le coprì la mano con la

propria e la tirò sul divano per farla sedere accanto a sé. "Sto bene. Queste ferite non sono una minaccia per la mia vita. Sono solo un fastidio."

Lei non *pensava* che stesse mentendo, ma era comunque preoccupata. Gli umani sembravano morire per il più piccolo dei problemi. Bastava toccare loro l'intestino anche solo un po' ed erano spacciati. Non che Julian fosse umano. E le sue budella erano a posto. Ma la preoccupazione rimaneva.

"Dovremmo chiamare un guaritore?" gli chiese. "O Audra?" La sua capo congrega poteva raggiungere l'appartamento in poche ore. Un guaritore magari sarebbe arrivato prima. Nora era impaziente di prendere il telefono.

"Sto bene," insisté il suo compagno. "Se dovessi peggiorare, potremo chiamare qualcuno. Ma credimi, è roba di poco conto."

Poteva essere di poco conto per lui, ma Nora voleva abbracciarlo e tenerlo al sicuro, per far sì che non provasse mai più una sola fitta di dolore.

"Dovresti sdraiarti. E riposare, mentre ti riprendi." Gli stava addosso, e l'espressione sul viso di Julian le disse che stava pensando alle stesse cose che aveva in mente lei.

"Sarà così ogni volta che mi farò un taglietto da niente? Non sono così fragile, dovresti saperlo."

Il cuore di lei mancò un battito al pensiero che avrebbero potuto avere un futuro oltre a quello stesso giorno. E mentre lui la prendeva in giro, lei non poteva ricambiare. "Tu hai una vita a New York."

Julian trovò la sua mano e intrecciò le proprie dita alle sue. La tirò più vicino, fino a farla sedere appoggiata a lui, accoccolata contro il suo corpo. "Te l'ho detto, visito per lo più online. Sì, ho amici e parenti in città, e la città non è poi così lontana. Ma la mia compagna è qui. E non posso chiedere a un lupo di vivere in un posto caotico come New York." Fece una pausa. "Scusami, sto correndo troppo. Sto dando per scontate troppe cose."

Ma il cuore di Nora voleva esplodere di gioia, e il suo lupo stava ululando così forte dentro di lei che fu sorpresa dal fatto che Julian non lo sentisse. "Non stai correndo troppo."

"No?" Si sporse verso di lei, e Nora fece lo stesso.

"Sei il mio compagno."

Un attimo dopo si stavano baciando, e le preoccupazioni sulle ferite di Julian scomparvero dalla mente di lei. Era un uomo adulto, l'avrebbe avvertita se gli avesse fatto male.

Si sdraiarono sul divano, con i corpi avvinghiati e lo spazio di manovra notevolmente ridotto. Ci furono un po' di impaccio e altri baci. La camicia di lei le era ancora addosso per metà e le sue mani erano nei pantaloni di Julian quando entrambi caddero dal divano sul pavimento.

Si guardarono negli occhi e scoppiarono a ridere. Erano vivi! Erano insieme! Quel tipo di felicità non si otteneva spesso e Nora avrebbe voluto tenerselo stretto e intrappolarlo per potersi sentire sempre così.

Forse con il suo compagno al suo fianco ci sarebbe riuscita.

Prese Julian per un braccio e lo trascinò verso la camera da letto. Le lenzuola erano sgualcite perché quella mattina non si era preoccupata di rifare il letto, ma non le importava. Si strappò i vestiti di dosso mentre lui faceva lo stesso con i propri. Poi guardò il suo compagno nudo e le mancò il fiato.

Un giorno si sarebbe concessa la possibilità di restare a fissarlo per ore. Il corpo di lui era un'opera d'arte. Ed era tutto per lei.

Ma in quel momento era il *suo* corpo a chiedere a gran voce quello di Julian. Aveva bisogno di sentirlo dentro di sé. Aveva bisogno di reclamare il suo compagno.

Si ritrovarono di nuovo insieme, il letto morbido sotto di loro. Le mani di Julian erano ovunque su di lei e Nora gemeva quando lui la toccava nei punti giusti. Avrebbe voluto che quella notte durasse per sempre.

Si concesse di perdersi nelle sensazioni che lui le regalava, desiderando tutto ciò che poteva darle e anche di più. Era egoista? O gli avrebbe reso giustizia, offrendo a Julian tutta se stessa, in cambio? Il suo compagno non si stava lamentando. La sua erezione le premeva forte sull'addome, una promessa di ciò che stava per arrivare.

Lui scivolò verso il basso finché la sua testa non fu tra le cosce di lei, con la lingua impegnata in cose malvagie che la facevano contorcere. Poteva anche essere una strega buona, ma quella era una magia sensuale e oscura.

Si agitò sotto di lui, con il proprio corpo completamente in balia del suo incantesimo. Quando lui si allontanò si sarebbe lamentata, se non fosse stata ancora senza fiato per l'orgasmo che lui le aveva regalato.

Voleva ancora di più.

Tirò Julian sopra di sé e lo baciò, sentendo il proprio sapore sulle sue labbra e facendo ardere ancora più intensamente il fuoco tra loro. Avrebbero potuto mandare in fiamme quell'appartamento se non fossero stati attenti.

A Nora non importava. Non finché aveva Julian.

Avvolse le gambe intorno a lui e la testa smussata del suo sesso stuzzicò la sua entrata. Lui si fermò un attimo e i loro occhi si incontrarono. Sembravano rivolgerle una muta domanda. E la risposta di Nora fu chiara.

Cazzo. Sì.

Julian scivolò dentro di lei e Nora gemette, sentendosi riempita e perfetta. Era proprio quello, ciò che doveva esserci tra loro. All'inizio fu lento, quasi languido. Ma poi lui aumentò il ritmo, immobilizzandola sul letto e prendendo il controllo.

Lei si abbandonò. Lui non era delicato, ma Nora non aveva bisogno né voleva che lo fosse. E mentre si avvicinava a un altro orgasmo, sperò che tra loro sarebbe sempre stato così.

Julian si abbassò e rovesciò la testa all'indietro scoprendo il collo per lei. "Fallo," disse a denti stretti, con la voce roca di piacere.

Lei non se lo fece chiedere due volte. I mutaforma normalmente non potevano mutare parzialmente, trasformando solo una parte della loro forma umana, ma quando l'istinto della possessività li guidava era impossibile resistere. I canini le si allungarono fino a diventare praticamente zanne, che affondò nel collo di lui fino a sentire il sapore del sangue.

Una scarica di magia, il modo in cui anche lui la stava reclamando, la colpì al petto. Julian gridò e il suo corpo si tese mentre raggiungeva l'orgasmo insieme a lei.

Poi le si accasciò accanto lasciando un braccio appoggiato sul suo petto, piacevolmente pesante. Gli mancava il fiato. E anche a lei.

"Dammi un minuto," ansimò. "Sarò prontissimo per il secondo round."

Nora si rilassò sul letto, incapace di fermare il sorriso che le si allargava sul volto.

17

CAPITOLO
DICIASSETTE

Il viaggio in treno verso la città fu pessimo come quello dell'ultima volta. D'accordo, non *proprio* pessimo. Stavolta Julian le tenne la mano per tutto il tempo sussurrandole all'orecchio promesse sconce ogni volta che lei si distraeva o cominciava a sentirsi sovrastimolata.

Ovviamente eccitarsi su un mezzo pubblico di trasporto era di per sé un tipo di tortura. Nora fu sul punto di spingerlo a fare una deviazione verso l'appartamento di lui prima di raggiungere la destinazione prevista.

Ma no, si sarebbe comportata bene.

Lei e il suo compagno avevano trascorso l'intero fine settimana a letto, a parte la pausa di un paio di telefonate che erano stati costretti a fare per dimostrare a tutti che non erano morti. Nora sarebbe tornata al lavoro a breve e Julian avrebbe iniziato il suo trasloco per lasciare la città.

Sembrava un po' una follia. Lei e Julian stavano insieme da due giorni e lui stava già sradicando la sua vita per lei. Ma la coppia era *quello*. Aveva conosciuto lupi che avevano cambiato l'intero corso delle loro vite solo per uno sguardo.

C'era persino una leggenda, che narrava di un'antica guerra conclusa perché il legame dell'accoppiamento era nato tra i leader di due fazioni nemiche.

Un viaggio di due ore in treno per New York non era nulla, a confronto.

E ora che si era concessa di impegnarsi in quel legame, non aveva idea del motivo per cui all'inizio avesse opposto resistenza. Lei e Julian stavano correndo troppo? Certo, forse per gli standard umani. Ma lui era un uomo adulto. Se avesse avuto bisogno di qualcosa glielo avrebbe detto.

Quando raggiunsero la loro fermata lui le strinse la mano e camminarono fino all'appartamento di Audra in un tranquillo silenzio.

Il suo compagno non sentiva la necessità di riempire ogni secondo di chiacchiere e questo le piaceva, così come le piaceva parlare con lui per ore. Quel periodo di rafforzamento del legame tra loro era entusiasmante. Le cose si sarebbero calmate al momento giusto, ne era certa.

Ma non c'era ancora bisogno che accadesse.

Audra li accolse con un sorriso e li invitò a entrare. C'era del tè ad attenderli sul tavolino, e Nora e Julian si sedettero l'uno accanto all'altra sul divano della capo congrega, vicinissimi.

Audra non cercò di nascondere il suo sorriso. "Allora è per questo che hai aspettato a fare il tuo rapporto?" Era una presa in giro, piuttosto che un rimprovero.

Julian non era dell'umore di tacere. "Sapevi che sarebbe successo."

"Mi stavo chiedendo se..." Audra si interruppe e scosse la testa. "Non importa, non è gentile. Volete sapere cosa hanno scoperto le indagini finora?"

Nora si sporse in avanti. "Te l'hanno detto?"

"Sono la parte lesa. Certo, sono stata informata."

Nora non era un'investigatrice esperta, ma era quasi certa che la cosa non suonasse bene. Audra aveva conoscenze, aveva amici all'UIA. Ma non se ne sarebbe lamentata. Voleva sapere.

"Sembra che Delia Cruz si sia nascosta presso una lontana cugina dopo i fatti spiacevoli di un mese fa. La sua magia è stata rintracciata in una cittadina della Pennsylvania e la cugina ha confessato di averla ospitata. Non sapeva in cosa fosse coinvolta la Cruz. Un'altra cospiratrice, Katrina Stevens, è ancora in fuga. Tutti i suoi parenti, anche lontani, sono stati identificati, quindi non sembra che si stia nascondendo presso nessuno di loro. Un'indagine nell'appartamento della Cruz ha portato alla luce alcuni documenti sulla sua collusione con Rosalie Sutton. Hanno sottratto potere ad altre streghe per più di tre anni. E non lavoravano da sole. Non c'è ragione di credere che siamo in effettivo pericolo, ma non è finita. Guardatevi le spalle."

A Nora non piacquero quelle parole. Strinse la mano di Julian per convincerai che andava tutto bene. Lui era lì con lei, sano e salvo. Non c'erano streghe malvagie in agguato a casa di Audra.

E lei non avrebbe permesso a nessuna di loro di toccare il suo compagno.

Bevvero un'altra tazza di tè con la capo congrega e discussero di persone che Nora non conosceva. Ma un giorno, man mano che la sua vita e quella di Julian si fossero intrecciate, tutti quei nomi le sarebbero stati familiari. Potevano affrontare i pericoli in agguato, ma ciò che aspettava con maggiore impazienza erano quei momenti di tranquillità, che le ricordavano di quanto avessero qualcosa di reale insieme.

Trascorsa un'altra ora salutarono Audra e raggiunsero l'appartamento di Julian, dove lui preparò una borsa più grande.

Nora si sedette sul letto a osservarlo.

"Il mio contratto scade tra due mesi," disse lui, mentre infilava i vestiti nella valigia. "Questo ci dà un sacco di tempo."

"Allora perché ti affretti con le valigie?" chiese Nora con un sorriso.

Julian finalmente si voltò verso di lei e vide che si era sbottonata la camicetta mettendosi in mostra per lui. Gli sfuggì un suono che le andò dritto al cuore.

Lei continuava a sorridere. "Vieni qui. Abbiamo tempo."

Il suo compagno colse al volo l'invito, e Nora lo strinse a sé. Se era quello il modo in cui avrebbe trascorso il suo tempo in città, non era poi così male.

****

Grazie per la lettura!

****

La Maledizione del Lupo fa parte della serie *Lo sguardo del Lupo*. Tutto ha inizio con *Stagione di Caccia*.

Quel licantropo proteggerà la sua compagna.

Owen ha un compito: evitare che Stasia venga rapita. Più facile a dirsi che a farsi, dal momento che la sua cliente ferocemente indipendente prova a licenziarlo non appena si incontrano. I suoi sensi da lupo ululano alla vita e lui è certo di una cosa: Stasia è sua.

Leggi il libro oggi

* * * *

Ti piacerebbe leggere altri romance di Kate Rudolph?

Iscriviti alla mia newsletter per avere notizie sulle nuove uscite, le offerte e molto altro!

Link: https://katerudolph.net/index.php/newsletter-italiana/

PROSSIME LETTURE

Il Colpo

L'Alfa non cede ciò che è suo...

Nessuno ruba a Luke Torres. La sua fortezza è leggendaria e il suo branco di leoni è letale, pronto ad affrontare qualsiasi minaccia. Quando Luke conosce Mel, lei lo lascia senza fiato con un bacio rovente, ma quando si incontrano di nuovo si ritrovano carceriere e prigioniera in un micidiale scontro felino contro felino.

La ladra è all'altezza del compito...

Dal primo momento in cui Mel accetta l'incarico, sa che portarlo a termine è praticamente impossibile. Ma per la ladra più scaltra del mondo soprannaturale, una missione impossibile è una sfida irresistibile. Specialmente se la ricompensa per il lavoro svolta può portarla un passo più vicino alla vendetta. Quando le cose prendono una brutta piega, Mel si ritrova nella tana del leone ad affrontare l'uomo più attraente che abbia mai incontrato.

Un alfa, una ladra e l'avventura di una vita.

Leggilo ora!

ALTRI TITOLI DELLA
STESSA AUTRICE

Lo Sguardo del Lupo

Lupo mutaforma. Guardia del corpo. Compagno.

Le origini di questi mutaforma sono avvolte nel mistero, ma loro sono determinati a proteggere le loro compagne da chiunque minacci di far loro del male.

Stagione di Caccia

In Agguato

Scontro di Magia

La Maledizione del Lupo, novella

Fame da Lupi (in arrivo a inizio 2023)

———

L'alfa derubato

La ladra prende quello che vuole, ma l'alfa non cede ciò che è suo...

Segui la ladra mutaforma Mel mentre si scontra con il leone alfa Luke in una trilogia esplosiva dove i due opposti non possono stare lontani l'uno dall'altra.

Il Colpo

Nella Rete della Ladra

Nel Letto dell'Alfa

Scopri di più di Kate Rudolph su https://kateru dolph.net/index.php/libri-in-italiano/

A PROPOSITO DI KATE RUDOLPH

KATE RUDOLPH VIVE IN INDIANA, ed è una scrittrice di paranormal e sci-fi romance. I personaggi di cui adora scrivere sono eroine forti e toste, e uomini attraenti che se ne innamorano. Divora romanzi d'amore da quando era troppo giovane per leggerli e doveva nasconderli per evitare che qualcuno glieli portasse via. Non potrebbe immaginare un lavoro migliore al mondo che scrivere storie d'amore e condividerle con i suoi affezionati lettori.

Se ti è piaciuta questa lettura, per favore considera l'idea di lasciare una recensione.

www.ingramcontent.com/pod-product-compliance
Lightning Source LLC
Chambersburg PA
CBHW030836200726
48285CB00007B/2463